回復術士的重啟人生

Redo of healer

~即死魔法與複製技能的極致回復術~

7

月夜涙
插畫✿しおこんぶ
Author : Tsukiyo Rui
Illustration : Siokonbu

Kadokawa Fantastic Novels

C O N T E N T S

序章 回復術士尋找思念之人

見證吉歐拉爾王國順利開始重建之後，我們再次踏上了旅途。為了重建吉歐拉爾王國，我唯一拜託了艾蓮……也就是諾倫公主留在這裡。

由於吉歐拉爾王國許多的文官貴族在這次事件殞命，如果要行使政事，就必須動用拉納利塔的領主帶來的人馬。只是若全權委託他們，吉歐拉爾王國將會從內部遭到滲透。

我才不允許這種事。吉歐拉爾王國是我的玩具，必須要按照我的想法來改造才行。

就算扣除這個問題，要在這種不安定的局勢重振旗鼓，只靠一流的統治者是不夠的。必須是超一流的人才才行。所以我才會把艾蓮留在國內。

「龍騎士他們還沒來呢。」

我們來到了吉歐拉爾王國附近的森林。

待會兒就要照預定返回魔王領地。

畢竟用走的實在過於遙遠，所以我們選擇以龍代步。

至於送我們來這裡的龍騎士們，我之前讓他們先回去一趟。

讓他們把信交給夏娃，並在今天來接我們。

要是飛龍出現在王都難免引人注目，所以我們約好在森林集合。

「空氣好新鮮。一直待在城裡都快喘不過氣了呢，而且光是扮演芙列雅公主的身分就讓我每天都很緊繃了。」

芙蕾雅說著說著伸了個懶腰。

芙蕾雅是有著桃色秀髮的美少女。

由於最近這陣子一直維持著芙列雅公主的模樣，芙蕾雅的外表反而令人感覺新鮮。

「是啊。雖說被稱呼為英雄受到尊敬的感覺不壞，但是被人這麼看待，自然也沒辦法隨意行動。」

我現在也不是凱亞爾的模樣，而是久違地換回了凱亞爾葛。

我與芙蕾雅被視為救國英雄受到萬人景仰，在艾蓮的指示下忙得廢寢忘食。

吉歐拉爾王的失控給這個國家帶來嚴重的打擊，要是不將救國英雄的我們塑造為偶像大肆宣傳，人民便無法往前邁進。

或許是因為這舉動發揮了作用，雖然速度緩慢，但吉歐拉爾王國確實開始在往前邁進。

「凱亞爾葛大人，比起待在城堡生活，剎那更喜歡旅行。」

「是啊，我也同意這點。畢竟這樣才適合我們。」

狼耳美少女剎那與美少女劍士克蕾赫似乎也因為能離開城裡而感到開心。

「姑且不論剎那，克蕾赫會這麼說倒是讓我意外。妳出身顯赫世家，照理說也習慣了城裡的生活吧。」

「也沒有。我家確實是顯赫的貴族，但時時刻刻投身戰場，盡可能斬殺更多魔物來守護人民才是我們的驕傲所在。所以鮮少有時間在城裡久居。」

這樣的作風在腐敗的貴族之中相當少見。也正因為如此，才會教育出克蕾赫這種率直的性格吧。

「因為能吃到美味的肉，紅蓮就算一輩子住在城裡也可以的說！」

所有人都因能出城而感到欣喜，唯獨紅蓮卻是一臉遺憾。

她現在以小狐狸型態坐在我的肩上。

儘管個性不討喜，但小狐狸的模樣實在惹人憐愛，不管她說什麼都能原諒。

我輕撫頭部，她便「嗷」的叫了一聲。真會裝可愛。

她在城裡也以惹人憐愛的外表以及舉止頻繁央求別人餵食肉塊，尤其受到城裡的女性歡迎。

我們抬頭仰望天空。

照預定時間，龍騎士他們也應該快來了。

「凱亞爾葛大人，來了！」

率先發現飛龍的是剎那。

由於她擁有狼族特性，視力與察覺氣息的能力相當卓越。

我們一揮手，飛龍便秀了一段特技飛行。

想必是他們打招呼的方式吧。

幸好他們有順利來接我們，否則用走的前往魔王城不但費力也很浪費時間。

魔王領地的狀況令人擔心，我想要盡快趕回去。畢竟魔王才剛更迭沒過多久，那邊肯定也有許多令人不安的種子。

◇

我們坐在龍的背上翱翔於天空。

前來迎接我們的，是和去程相同的兩名龍騎士。

我向龍騎士出聲搭話。

「魔王城那邊有沒有什麼變化？」

「當然或多或少有些瑣碎的摩擦以及小爭執，但目前為止還算和平。」

聽到這番話我就安心了。

要是夏娃出了什麼事，我復仇的對象可是會增加的。

好不容易來到只要再一個人就能完成復仇的地步，事到如今我可不希望再節外生枝。

「那就好。看來夏娃和族長們幹得不錯。」

夏娃雖然是個聰穎的少女，但經驗卻是壓倒性不足。

為此，目前實質上的統治方式是由至今遭到魔王迫害的種族族長攝政，而夏娃則是象徵性地下達最終決策。

儘管我很擔心夏娃會淪為他們操縱的傀儡，但這是目前最實際的做法。

「夏娃大人的執政手腕方面，我並沒聽過不好的傳言。」

「重逢後得誇獎她才行呢。」

夏娃是個怕寂寞又愛撒嬌的女孩。

而且非常好色。她現在肯定是想著我以淚洗枕，搞不好連內褲也溼透了。

真想花一整天時間好好疼愛夏娃。

飛龍加速飛行。

照這個速度，在日落前應該就能抵達中繼地點拉納利塔。

◇

我們抵達了混沌之鎮拉納利塔。

我們繞來這裡的目的為了讓飛龍休息。

雖說是龍族，但是要一天就從吉歐拉爾王國飛回魔王城是不可能的。

所以中途必須在某處暫時歇息。所以選了拉納利塔附近的森林當休息地點，我們則是到拉納利塔放風。

不愧是自由都市。明明才剛遭到吉歐拉爾王國的黑騎士率領的軍隊蹂躪，卻幾乎已經重建完畢。

這裡是不拒絕任何來客，容納所有一切而蓬勃發展的城鎮。因此蘊含了驚人的能量。商店看起來也是盛況非凡，景氣興隆。

「我從這裡開始會按照預定分頭行動。芙蕾雅，妳們先去旅社。」

「明白了。」

「待會兒見。」

「抱歉，要是我太晚回去，妳們就先吃飯吧。」

之所以來到拉納利塔，並不只是因為這裡有讓龍群適合休息的位置。也是為了收集情報。

要使用地下情報網。

拉納利塔有著來者不拒的性質，因此這裡充斥著流氓以及地下社會人士。他們的情報網很優秀，根據領域不同，甚至凌駕於吉歐拉爾王國的諜報部門。

「剎那不會礙事，請帶剎那一起去。剎那是為了保護凱亞爾葛大人而活。只是被凱亞爾葛大人保護的剎那，沒有任何價值。」

她的認真眼神與這番話讓我露出苦笑。

「好吧。就讓妳以護衛的身分一起來吧。」

如果一群人浩浩蕩蕩過去，對方也會起戒心，但只有剎那一人應該勉強說得過去吧。

這次得提到齷齪的勾當，我也不希望讓她們看到自己不想展露的一面。所以才打算獨自拜會情報販子，不過，唯獨剎那不論發生什麼事都不會背叛我。

「只有剎那能去太狡猾了。」

「是啊。我們也在忍耐，但其實很想跟去的。」

「這是適材適用。地下社會的人擅長奇襲，剎那敏銳的感官很適合擔任護衛。好啦，我們走吧。」

「嗯，剎那會貼身保護凱亞爾葛大人。」

於是，我們開始各別行動。

希望此行能獲得有用的情報。

◇

我們移動到貧民區的角落。

這一帶的空氣混濁。到處看得見浪人與乞丐，販賣非法物品以及奴隸的商店櫛次鱗比。

剎那皺起眉頭。因為她從前也曾是這裡的商品。

而現在與剎那相同的存在依舊陳列在此販賣。

「販賣奴隸的店家真多啊。曾是奴隸的剎那應該很不是滋味吧？」

「……那是當然的。不過，剎那覺得這也沒辦法。」

剎那雖然年幼卻十分豁達。

她與外表不同，內在是個成熟的大人。

我們走進了一間酒館。

我在那裡付了手續費，然後說出祕密暗號後便放我們走入深處。

情報販子就在這裡面。

位於酒館深處的房間裡，坐著一名身形消瘦但腦袋看來不錯的男子。

「小哥，你看起來不像很有錢啊，這裡的情報可是很貴的喔。」

「要錢的話我有。這樣夠嗎？」

「……哦，夠了。嚇我一跳，看你年紀輕輕卻挺有錢的嘛。是什麼情報會讓你不惜花這麼多錢也想知道？」

「我希望你調查一個男人。我想知道那個男人現在在哪，在做什麼。要是還有其他與那個男人相關的任何消息，我希望你能一併找給我。錢的話不是問題。」

我從胸口取出一張紙。

那張紙上畫著布列特的肖像畫，並寫著我所知的一切情報。

「這是大人物啊。【砲】之勇者布列特……你該不會也被那個喜歡小孩的神父搞過吧？」

我頓時啞口無言。儘管有部分是因為被說中心事，但不只如此。

「有兩件事讓我感到詫異。首先，你知道那傢伙擺出一副好人嘴臉姿態經營孤兒院，卻在背地裡為非作歹。第二點，就是你竟然免費提供了這份情報。」

「我來回答你這兩個疑問吧。之所以知道內幕，是因為【砲】之勇者布列特是我們店裡的客人。那傢伙孤兒院的少年全都長得眉清目秀。那可不是偶然，而是因為有黑市的商店在幫那傢伙斡旋那類的小孩。他和地下社會有勾結。小哥，你也小心點啊。那種見不得光的店家可是會洩漏客人的情報的。不過，【砲】之勇者布列特好像是明知道這點還光顧這裡，畢竟他也會來買情報嘛。」

……布列特就是那種傢伙。雖然會遵循慾望而活，卻不是笨蛋。就我所知，他甚至是最優秀的人類。

他明白有這樣的風險依舊利用情報販子，只透漏出就算被得知也無妨的情報。

「然後，會免費告訴你這份情報是為了推銷自己。因為你很有可能會成為大客戶，所以先跟你宣傳一下我們至少會有什麼樣的情報。」

「好吧，看來你是個能夠信任的情報販子。」

「嗯，相信我吧，鍊金術士凱亞爾葛先生。還是該用另外一個名字稱呼你比較好？」

我露出苦笑。

想不到我的底細居然被摸得一清二楚。

「實在超乎我的想像。那就委託你吧。這全部的金幣都用來買下你現有的所有情報。然後，我會再給你另一筆相同的金額，委託你追加調查。畢竟你也不知道那傢伙現在在哪吧？」

「你說得沒錯。不過我有調查的管道。布列特大爺他整年都在發情，一定會為了得到符合自己興趣的美少年而被我們的情報網逮住。」

「我期待你的表現……然後，就算你要把【癒】之勇者凱亞爾在尋找布列特的賣給他也沒關係。」

情報販子搔了搔臉頰。

「哎呀，穿幫了啊。」

「畢竟你就是在做這種生意吧。何況那傢伙要是知道我在找他，肯定會照我的期望採取行動。」

對布列特而言的理想少年就是凱亞爾。要是知道我在找他，想必會胯下脹著一大包來見我吧。

「了解，那我就接下委託吧。之後該怎麼跟你聯絡？」

我先跟情報販子把詳細事宜談妥。

協議的結果，就是把掌握的情報逐一送到我在布拉尼可準備好的據點。

畢竟他應該不願意幫忙把信送到魔王領地。

如果以常識來判斷，布列特已經死了。

搜索他的行蹤沒有任何意義。

但是，我內心有股幾近確信的預感。他用了某種手段活了下來。

我不僅委託吉歐拉爾王國的諜報部門搜索，更判斷光是這樣還不夠，所以才來拜會情報販子。

……吉歐拉爾王國的諜報部門雖然優秀，卻令我有一絲掛慮。因為布列特曾是那邊的王牌，至今依舊有許多信眾。裡面說不定會有叛徒。

一旦抵達魔王領地，我甚至打算動用魔族與魔物蒐集情報。

無論付出多少代價，我都要完成這最後的復仇。

真奇怪。

在第一輪的世界，我明明那麼害怕那傢伙，想逃離他身邊，只感覺到恐懼；然而在第二輪的現在，我卻是無比想見那傢伙。

得讓那傢伙加倍地品嘗到我所受過的痛苦、恐懼、屈辱以及疼痛。

光是想像著這件事，就讓我露出了黑暗的笑容。

第一話　回復術士重新開始復仇

我在拉納利塔委託情報販子調查【砲】之勇者布列特。

以他們的實力，想必能找到吉歐拉爾王國的諜報部門也無法掌握的情報。

如果是布列特肯定會打算買進美少年，只要到時在現場守株待兔就行，他們理所當然地說出我所無法想到的方法。

「凱亞爾葛大人，幸好有順利委託到人。」

剎那一邊挽著我的手臂，同時開心地搖著尾巴。

「是啊。一旦演變為情報戰，自然會有需要透過組織才能解決的部分。幸好他們願意接下委託。」

我至今所用的知識以及技巧是透過【恢復(Heal)】了各式各樣的對手而來，但實在沒辦法連人脈也一併獲得。

不過我現在可藉由夏娃獲得魔王的權限，也透過芙蕾雅掌握著吉歐拉爾王國，所以並不是什麼大問題。

「現在天還沒黑。看樣子我們能和大家一起享用晚餐。」

「嗯。拉納利塔有許多好吃的店，很令人期待。剎那想吃有肉的料理。」

「我也有這個打算。」

狼耳美少女剎那，以及狐狸紅蓮。

因為有這兩個極端喜愛吃肉的傢伙，一提到大餐就肯定是吃肉。

雖說只要吃起來美味，剎那和紅蓮不管吃什麼都很開心，所以魚類料理也是不錯，但開心的程度卻有微妙的不同。

「似乎可以久違地放鬆一下。」

在吉歐拉爾城雖然可以享用上等菜餚，但由於正值重建時期，多半得和相關人士聚餐，其實感覺沒什麼休息到。

今天就挑個能輕鬆熱鬧一下的店家吧。

我邊思考著這件事邊返回旅社。

我一靠近房門，就察覺到了芙蕾雅、克蕾赫以及紅蓮以外的氣息。

沒有戰鬥的感覺，是訪客嗎？

我一邊覺得匪夷所思，同時打開了房門。

「凱亞爾葛大人，您來得正好。我是拉納利塔領主派來的使者。主人聽聞凱亞爾葛大人造訪拉納利塔，命令我招待大人前往宅邸。」

恐怕是在租借旅社時掌握到我們的行蹤的吧。

我沒有蠢到直接使用鍊金術士凱亞爾葛的名字，更別提【癒】之勇者凱亞爾。

但他依舊掌握了我的行蹤，表示我的相貌或許已經被傳開了。

今後還是改個樣貌吧。

話雖如此，雖然凱亞爾葛的樣貌是人造出來的，但用了這麼久也會有感情，況且我的女人們也很中意這個長相，所以我不想改變。真是傷腦筋。

「……那麼，我就恭敬不如從命了。」

亞弗魯．雷阿爾．拉納利塔這個男人是個優秀的領主。

他不會無緣無故就找我過去。

而且，雖說他現在仰賴著我的力量，卻也不是會單方面索求無度的那種可悲男人。

既然他會主動邀請，表示要談的事情對雙方都有利。

「事情就是這樣。我原本打算今天要難得吃個美食輕鬆一下，就等下次吧。」

「這也沒辦法。」

「好的，畢竟凱亞爾葛大人會受人拜託也是當然的。」

「剎那也贊成……拉納利塔領主招待的菜餚很好吃。」

「紅蓮只要有肉吃去哪都行的說！」

我對剎那與紅蓮的回應露出苦笑。

儘管一個是忠犬類型，一個是隨心所欲的狐狸類型，個性完全相反，可是一旦扯到肉，偶爾會像這樣同步。

好啦，他到底是為了什麼而找我過去呢？

◇

我們前陣子從黑騎士率領的軍隊手中拯救拉納利塔時，也曾來過亞弗魯·雷阿爾·拉納利塔的宅邸。

這裡依舊是如此有格調。

儘管花費了難以想像的金額打造，卻很有品味，不會讓人感到不快。

令人感受到一種暴發戶所無法表現出來的成熟美感。

此時，傭人提議我們是否要使用大浴場。

「凱亞爾葛大人，我們就恭敬不如從命吧！」

「也對，畢竟也好一陣子沒有泡澡了。」

這個提議立刻吸引了芙蕾雅與克蕾赫。

她們兩人都喜歡洗澡。

儘管吉歐拉爾城也有大浴場，但那裡被視為「垃圾場」。

由於扔在那裡的東西有些特殊，而且還非常慘不忍睹，目前無法重新利用。

「好吧。那我們就借個浴室吧。先把身體洗乾淨，也能讓飯菜變得更加美味。」

「嗯。剎那要幫凱亞爾葛大人刷背。」

「紅蓮要盡情游泳，讓肚子先消化的說！」

於是，我們決定在用餐前先去洗澡。

◇

呈現在眼前的是以大理石打造的浴池，十分寬敞。

熱水也不是以這裡的水加熱而是從某處調來，稍微有些黏度，並帶有溫泉的味道。

儘管相當奢侈，但拉納利塔的領主擁有的財力讓他可以這麼做。

我稍微清洗過身體後便泡在浴池。

寬敞的浴池果然舒暢。如果只是要治療身體的疲勞用【恢復】也行，但是這玩意兒甚至能療癒心靈，也有著泡溫泉才能體會到的暢快。

「這麼大，游起來更有趣的說！」

小狐狸模樣的紅蓮從剛才開始就以狗爬式滑水嬉鬧，或者該說是狐爬式？

雖然很沒規矩，反正可愛就好。

話說回來，我沒看過她少女模樣時的裸體。

我將在眼前游泳的紅蓮一手抓起。

「放～手～的～說，這樣不能游泳的說！」

「要是想讓我放開妳，就變回少女的模樣。」

「嗯？變了之後就願意放手的說？」

「我跟妳保證。」

於是紅蓮便在被我抓起來的狀態下變大。

由於整個人被我拉起，所以紅蓮的每個部位都是一覽無遺。

她現在變成了狐耳美少女。是有著一雙古靈精怪眼神的驚人美少女。

年紀大約十四歲……稍微成長了嗎？我記得以前的人類型態大約是十二三歲。

或許因為她是小狐狸，成長的速度也較快。

紅蓮的身體發育很好，讓人想衝上去抱住她。

毛茸茸的狐狸尾巴也形成很不錯的特色，相當可愛。

「嗳，紅蓮。」

「怎麼了說？」

「妳還挺可愛的。我可以跟妳做愛嗎？」

話語剛落，紅蓮便咬了我的手臂。

我一放手，她便維持少女模樣用狐爬式拉開距離瞪視我。

「主人是變態的說！紅蓮是由主人的魔力與心靈所生的說！換句話說，是主人的女兒！亂倫是不對的說！」

聽她這麼一說，確實如此。

不過，我壓根沒把紅蓮作為女兒看待。畢竟和我完全不像，也沒有血緣關係。

更何況一旦被人說不行，反而讓我更加躍躍欲試。

只不過，我並不喜歡強迫復仇對象以外的人乖乖就範，現在就先收手吧。

「嗯，我不會勉強妳啦。」

但是我這個人，就是有想上的女人就得設法睡到。

我要好好摸索各種方法，設法讓紅蓮自己有那個意思。

夏娃起初也是百般不願意，但不知不覺間就主動渴求我的疼愛。想必紅蓮總有一天也會跟進的。

「凱亞爾葛大人，如果你想做那種事，還有剎那。」

不知不覺，我已被眼前的剎那從正面抱住了。

「剎那真可愛啊。」

我緊緊抱住她。

就將看到紅蓮後慾火難耐的情緒發洩在剎那身上吧。

「真是的，剎那每次都偷跑。」

「如果是凱亞爾葛，我們隨時都願意受到你的疼愛。」

芙蕾雅與克蕾赫也來了。

「被如此深深愛著也是值得省思啊。」

雖說4P相當費力，但三個人都是最高級別的美少女，做起來也十分舒服。

何況餐前運動會讓飯菜變得更加美味，我就努力一下吧。

紅蓮以側眼看著我們。

如果是夏娃，肯定會興味盎然地在旁邊偷偷觀察，但紅蓮似乎完全沒有任何興致，她變回小狐狸模樣，開心地用狐爬式划水。

……看樣子會比夏娃那時更費工夫。

◇

我們泡澡清潔完身體，適當地運動之後，便換上拉納利塔的領主為我們準備的衣服在房裡休息。

過了一會兒，侍者便前來通知膳食已經備妥。

接著他帶我們到了某個房間，拉納利塔領主已經坐在位子上歡迎我們的到來。

「歡迎大駕光臨。英雄啊，想不到你不僅拯救了拉納利塔，甚至還拯救了整個吉歐拉爾王國，【癒】之勇者凱亞爾大人果然是真正的勇者。」

「您應該不是為了說這種場面話而叫我過來的吧？」

我對他以恭敬的態度講話。

有一方面是因為尊敬他，另一方面，是因為我們是對等的生意伙伴。

單方面地榨取對方，或是單方面被對方榨取都是不對的。

正因為是互利互惠的對象，更應該要表達敬意。

「正是如此。不過，先讓我們愉快地用餐吧。由於上次招待各位時有聽說過喜好的菜色，這次準備的餐點想必會更合各位的胃口。」

「那真是令人期待。」

從事先擺在桌上的前菜開始，就是克蕾赫與芙蕾雅喜歡的菜色。

接著端上來的肉料理以及魚類料理也是我們喜歡的佳餚。

◇

餐會進行得很順利。

大家都相當開心。

這也無可厚非。因為拉納利塔領主僱用的廚師有著傑出的廚藝。

不僅用最高級食材烹調了大家喜歡的菜色，還進一步改良使其變得更加美味。

我現在吃的，是淋滿了蜂蜜醬的烤牛肉。

雖說這是剎那最愛的菜，但製作烤牛肉時還以蜂蜜為主軸添加了多種水果加以燉煮，使肉質變得更加鮮嫩，醬汁與肉的一體感也十分驚人。

香料的用法也很高竿，將容易變得過甜的蜂蜜醬完美地鎖在裡頭。

柔嫩的牛肉與甜辣可口的醬汁形成了絕妙的搭配。

在端上肉料理之前，將一條魚以派皮包起來烤的料理也很不錯。

拉納利塔雖然有許多好吃的餐廳，但沒有一間店能端出如此的料理。

最後上的甜點，是使用了大量當季水果的酥脆果塔。

與多數的少女相同，剎那等人也非常喜歡甜食。更何況還是奢華地使用了昂貴的白砂糖所做的甜食，每個人臉上都是一副陶醉的表情。

「各位還滿意嗎？」

「嗯，在其他地方可吃不到如此棒的料理。我想就連王族也沒有品嚐過這樣的美味吧。」

這不是客套話，事實就是如此。

正因為是不論好壞，一切都廣為接納，使其成為發展原動力的拉納利塔，才有辦法端出這樣的料理。

「只要能讓各位喜歡，我就很開心了。」

「愉快的餐會結束了。我想差不多可以切入正題了吧？」

「那麼，就容我開口說明吧。【癒】之勇者凱亞爾大人，我聽說您要前往魔王城，創造一個將人類與魔族導向和平的機會。」

「關於這件事，姑且算是機密事項呢。」

「這個嘛，情報總是會從某處洩漏的。」

確實是這樣。

畢竟與吉歐拉爾王國的內政相關的人，大多不是因為吉歐拉爾王失控而遭到殺害，要不然就是逃亡國外。

所以為了對應人才不足的嚴重問題，我借用了這個男人的人脈。

既然要用這個男人所調派的人員，應該可以認為所有情報都已經洩漏出去。

「所以，您打算要我放棄和平嗎？」

「我不會要您住手。魔族不再進攻，以拉納利塔的立場來說也是十分欣慰。」

我不會將這番話照單全收。

畢竟拉納利塔也透過與魔族的戰爭賺了一筆。

正因為魔族會攻打過來，所以才會消耗恢復藥、武器以及防具等商品，趁機大賣特賣。

雖說就算與魔族締結和平條約，也必須與自然產生的魔物戰鬥，但戰鬥的頻率會大量減少，那些商品的消耗量也會跟著大幅下滑。

所以也有許多人希望戰爭繼續下去。

「凱亞爾大人，請別用那種眼神看我。我們已經過試算，若是以整體來考量，締結和平反而更有賺頭。我對神發誓這是千真萬確。只不過，確實也有人判斷這麼一來會造成虧損。」

「想必是那些傢伙盯上了我們吧。」

「是的，目前有這樣的動靜。不過以凱亞爾大人的身手，想必不成威脅吧。」

「如果有能殺得了我的傢伙，我還真希望對方把他帶來呢。畢竟我只對一個人有頭緒，而我也正在找他。」

在這個世上能殺死我的，恐怕只有【砲】之勇者布列特一個人。

「我也正透過自己的管道尋找那一位。一旦掌握情報，我會提供給您。」

「您已經洞察到這點了嗎？」

「是的，畢竟拉納利塔是我的庭院……不過，我之所以約見您不是因為這件事，不對，這兩件事或許有所關聯。其實，鄰國葛蘭茲巴赫帝國打算對吉歐拉爾王國挑起戰爭。」

「葛蘭茲巴赫帝國嗎？我記得那不是什麼強盛的國家吧？」

要是與吉歐拉爾王國相比，他們的國力根本相形見拙。

吉歐拉爾王國至今都以這麼做對守護人類是必要的為由，威脅葛蘭茲巴赫帝國交出金錢、物資以及技術。

儘管這個國家的土地貧瘠無法順利發展農業，但以礦山為基礎的工業卻十分發達，因此特色應該是武具與工具的生產十分興盛。

「他們的國力與吉歐拉爾王國相較之下確實有著相當大的差距。但還是有辦法擊潰現在的吉歐拉爾王國。」

「也對。畢竟有許多城鎮造反宣示獨立，大多人才也流亡國外，軍方也還無法好好運作，是個猶如病人的國家。」

吉歐拉爾王的失控造成了莫大傷害。

就如同剛才所說的，大多城鎮已發出獨立宣言，而能夠鎮壓的軍隊目前也還無法運作。光是要守護王都與幾個主要都市就已疲於奔命。

那麼，葛蘭茲巴赫帝國的目的是……

「亞弗魯領主，葛蘭茲巴赫帝國的目的會不會是打倒吉歐拉爾王國，取代它成為守護人類的盾牌呢？意思是，他們企圖如法炮製吉歐拉爾王國幹過的勾當。」

「是的，我也有同樣的想法。假如他們打倒吉歐拉爾王國，自然無法建立和平，而且就算成功建立，想必他們也會為了自身利益打破和平條約，侵略魔族領域吧。」

感覺相當棘手啊。

「希望阻止這件事，是拉納利塔整體的意志嗎？」

「是的，正是如此。凱亞爾大人，您記得剛才我說過這件事或許和您要找的人有關嗎？……前陣子似乎有名訪客造訪葛蘭茲巴赫帝國，唆使王族做出了這個決定。據說他給予王族不可思議的力量，那名人物本身也擁有絕對強大的力量。葛蘭茲巴赫帝國就是因為有那股力量才考慮開戰。」

「那傢伙該不會是……」

「目前還無法確定，但可能性很高。」

反應過來後，我已經笑了出來。

是帶著【賢者之石】逃走的【砲】之勇者布列特。那傢伙就算這麼做也沒什麼好奇怪。

在願意收買自己的地方，重新聚集美少年建立後宮。

不只如此，由於重生的吉歐拉爾王國摧毀了他好不容易打造的後宮，他為了報仇決定從中作梗，營造出非得由我出面的狀況。

「原來如此，為了我所努力的和平世界，他確實是個必須排除的敵人。只要敵人一有動作，我們就攜手合作吧。」

「好的，我們也會收集情報，協助凱亞爾大人展開行動。」

我將自己在布拉尼可設下的情報網告訴拉納利塔的領主。

這樣一來，要是葛蘭茲巴赫帝國展開行動，他便有辦法聯絡我。

……布列特，你真是太棒了。

明明你光是第一輪對我所做的一切，就算千刀萬剮也死不足惜，居然還奪走了【賢者之石】，甚至妨礙我打造理想的世界。

目前我心中的復仇點數，是獲得雙重復仇獎勵的諾倫公主拿下最高分，但布列特那傢伙卻輕輕鬆鬆超過了那個分數。

我該怎麼折磨他呢？

那傢伙是最強的敵人。看來我這個評價沒錯。

那麼，我就必須給出配得上這個最強敵人的對應。

熱血沸騰了。

果然，人生就是需要個目標。

就讓我再好好享受一下這場復仇吧。

伙。

不愧是拉納利塔的領主。給了我不錯的情報。

我原本還很納悶，為什麼找了這麼久卻依舊找不著布列特的蹤跡，原來是逃到鄰國了啊。

儘管不能保證就是布列特唆使葛蘭茲巴赫帝國，但即使如此我也有預感，肯定就是那個傢

雖說還無法確認真相，但我這邊也開始行動吧。

我決定先寫信給留在吉歐拉爾王國的艾蓮。

只要讓艾蓮知情，應該就會派遣吉歐拉爾王國的諜報部門幫我調查了吧。

……只不過，要由諜報部門來搜索布列特會有風險。

吉歐拉爾王國的諜報部門很優秀。

對他國與非法集團來說，甚至比正規軍還要令他們畏懼。

正因為有他們的存在，吉歐拉爾王國才能勉強存續。

就連吉歐拉爾王失控的時候，諜報部門也沒有受到波及。

必須要理性與知性並存才能蒐集情報，要是把他們變成黑騎士根本派不上用場。所以吉歐

拉爾王才沒有對他們使用暗黑力量。
而且，正因為害怕失去蒐集情報的手段，吉歐拉爾王才沒有放逐他們。
再加上他們有強烈的忠誠心，即使在那種狀況下也沒有流亡他國，而是留在國內。
儘管這件事值得欽佩，但問題在於他們之中有許多人都是由布列特一手鍛鍊的。
布列特在成為勇者之前，有很長一段時間隸屬諜報部門，被視為該部門的菁英備受推崇。
布列特會如此小心謹慎，讓人沒有可趁之機，就是在諜報部門時代培育出來的。
舉凡潛入敵國蒐集情報、暗殺要人。他執行過無數困難的任務。
況且不只是當時的部下與布列特息息相關，因為在他當上勇者之後便從諜報部引退開始經營起孤兒院，後來那些孤兒也被送進了諜報部門。
布列特栽培的那群孩子十分優秀，而他們在出人頭地之後也擁有了部下，並對部下宣揚布列特的教誨。
因此要是有個萬一，諜報部門大多數都有背叛王國，轉而投靠布列特的可能性……話雖如此，要是排除掉所有受到布列特影響的對象，就會導致諜報部門瓦解。到時候勉強維持著國家體系的吉歐拉爾王國也勢必無法東山再起。
狀況十分艱難。
還有一件事也很棘手，就是布列特的手下不會因為金錢而動搖。如字面所述，他們是群彼此相愛，一心同體的集合體。

雖然難以置信，但被布列特開發過後還很開心的怪胎還不在少數。
算了，想必是因為他們和我不同，從小就受到洗腦式教育的影響吧。
諜報部門雖然能有效活用，但不能過度信賴。這就是我的方針。
「今天的飯菜很好吃。剎那想再來這裡。」
「是啊。很好吃。只要我們對亞弗魯領主還有用處，應該還有機會再來。」
我們回到了借來的房間躺在床上。
剎那換上了睡衣抱著我的手臂。
由於在浴室已經充分相愛，所以晚上會直接入睡。
我這個人會把次數做好做滿，但一次疼愛了三個人，晚上實在沒辦法再猛操一波。
反正就算不做愛，光是一起睡也會有幸福的感覺。
「主人，這肉好棒！主人應該為了紅蓮而去討個伴手禮！這樣一來明天也能吃到的說！」
「……妳好歹也是神獸吧。稍微注意一下自己的言行。」
小狐狸躺在我的肚子上說出被慾望蒙蔽的台詞。
「正因為是神獸，所以才能開心地收下供品，需要的時候就大聲央求的說！神鳥咖喇杜力烏斯大人更誇張的說。要是牠想享受一頓疫病大餐，就會在鎮上到處散播疾病，等病情增加後再飽餐一頓。神獸就是這種生物的說！」
「這樣一想，神獸還真不是好東西啊。」

「紅蓮只會可愛地撒嬌而已，是非常尊貴的神獸的說！」

賜予了紅蓮之蛋祝福，黑翼族祭祀的神明——神鳥咖喇杜力烏斯。

啃蝕疾病的神鳥。

雖然是在疾病蔓延時會啃蝕疾病拯救民眾的神鳥，但那不過是在進食罷了。

要是沒有東西可吃，就會散播傳染力高的疾病，等人數增加後再好好享用一番，是非常令人困擾的存在。

最底限的救贖，就是牠為了事後能好好飽餐一頓，散播的是致死率低的疾病。

要讓夏娃當上魔王時，我們借用了神鳥的力量。

若是沒有神鳥咖喇杜力烏斯的幫忙，我們就得與魔王城的戰力正面對決，如果是這樣，恐怕我們甚至沒辦法抵達魔王的眼前。

假設要與葛蘭茲巴赫帝國開戰，只要使用神鳥的力量便能得到壓倒性勝利。

畢竟只要像和魔王戰鬥時一樣，先坐在神鳥咖喇杜力烏斯背上移動到敵國首都。

再來只要散播會致死的疾病，首都便會遭到毀滅。

但是，我並沒有這麼做的打算。

神鳥咖喇杜力烏斯的力量對人類來說過於強大。對成為魔王的夏娃來說也是如此。

每次召喚牠就會削減生命力。要是下次再召喚出來，想必夏娃也無法全身而退。恐怕到時連日常生活都無法正常度過。而且要是在那種狀態下再使用神鳥之力，更會因此喪命。

就算是能治癒一切傷勢與疾病的【癒】之勇者，也無法治癒生命遭到剝奪的人。

「噯，紅蓮。」

「什麼？」

「和神鳥咖喇杜力烏斯相比，妳實在非常不起眼啊。妳的能力頂多只有變身與淨化之焰而已吧？雖然很方便，但格局實在太小了。如果只是吐個火，隨便找個魔物也能辦到。」

「真失禮的說！紅蓮也可以像神鳥咖喇杜力烏斯大人那麼厲害的說！只是沒表現出來的說！希望主人別輕視神獸的說！」

小狐狸一邊豎起尾巴，同時擺出威嚇的動作。

雖說本人似乎相當憤慨，但我只覺得很可愛。

「哦，那妳能辦到什麼？」

「祕密的說！不過紅蓮可厲害了說！真要說的話，狐狸與神之力的親和性相當高的說！所以紅蓮在神獸中也屬於高等存在的說！」

「祕密啊。那麼我就問妳的身體吧。」

我緊緊抓住紅蓮，然後搔癢她的肚子，輕拍著尾巴根部，或是來回撫摸喉嚨。

毛茸茸的毛皮摸起來觸感很好，適當的溫度會讓人上癮。

我已經大概摸透了紅蓮的弱點。

……不過並非是性方面的意思，而是對待寵物的感覺。

「嗷～好癢的說，好奇怪，這樣，身體好暖和。感覺不壞的說，再繼續摸的說。」

紅蓮感到很雀躍。

雖說這樣也不壞，但還是想找個機會好好疼愛她，當然是指性方面。

「妳打算說了嗎？」

「這點程度，紅蓮是不會屈服的說。所以繼續摸的說。」

「是嗎，做到這種地步也不行啊，那我只好放棄了，到此結束。」

「嗚！紅……紅蓮會稍微透漏一些的說。所以，主人要繼續摸紅蓮的尾巴根部還有喉嚨的說。」

坦率是件好事。

就讓妳更舒服吧。

「啊嗚！這感覺，好棒的說。紅蓮現在還是幼體所以沒辦法，不過一旦成長為成獸，就能使用真正的力量的說。」

原來如此，外表看起來是小狐狸，是因為以神獸來說還是幼體啊。

「所以，妳真正的力量是？」

「紅蓮也不清楚的說。因為神獸成長為成獸，才會覺醒真正的力量。不過，紅蓮明白那是種很不得的力量的說！現在除了變身與淨化之焰以外，也能夠使用簡單的預知能力的說！這能力告訴紅蓮，那力量很不得了的說。比起神鳥咖喇杜力烏斯大人，更加嚇嚇叫的說。」

「那是什麼含糊到不行的預知啊，太不管用了吧。」

「成為大人後，預知能力也會升級的說！一直摸著，愈來愈舒服的說～」

小狐狸全身虛脫。

我趁亂摸了一下她的私處，但外表是狐狸，一點也不興奮。

下次趁她變回少女型態時，再騙她說愈仔細撫摸尾巴根部及喉嚨就會愈舒服，找機會對她做性的惡作劇吧。

「我懂了。那麼，妳何時會變為成獸？」

可以的話，我希望能在大戰前得到那股什麼感覺很不得的力量，並編進戰術加以使用。

「唔——這點紅蓮也不知道的說。神獸的成長有個體差異。有人出生後三小時就化為成獸，也有人必須花上千年的說。」

「……不愧是神獸，真是不可思議的生物。」

「不過，聽說只要強烈祈求，很快就能變化的說！只是紅蓮覺得現在這樣也不錯的說。畢竟紅蓮很可愛的說！」

「這樣啊，只要自己希望變成大人就好了嗎？」

讓我聽到了不錯的情報。就由我來讓紅蓮轉大人吧。

紅蓮不是我的復仇對象，所以我不打算硬逼她做色色的事，而是要誘導她自己產生興趣。

雖說就算這麼做，還是會對她有些愧疚，但至少有了正當理由。為了讓紅蓮變強，這也是沒辦法的事。

「好啦，結束了。」

「感覺有點不過癮的說。紅蓮允許主人明天也好好疼愛人家的說。」

「嗯，我會好好疼愛妳的。」

下次的風格會有些不同就是了。

「紅蓮要睡了說。要是吵醒人家就咬你的說！」

小狐狸鑽進被窩裡縮成一團。

雖然很任性，但外表看起來真的很可愛。

「嗳，紅蓮。妳看到了什麼樣的未來？」

被咬了。

看樣子是在不滿被吵起來。

「……都說別叫醒紅蓮了說。回答之後，希望主人別再來打擾紅蓮的說。未來……要是陪在主人身邊，就會閃閃發光，感覺很開心，所以紅蓮會陪在主人身邊的說。」

「閃閃發光感覺很開心是嗎？這預知真有趣啊。」

那肯定是達到性高潮了吧。

連紅蓮的預知也在暗示著我會與紅蓮結合。

從明天開始就要來不斷試著洗腦紅蓮……不對，是嘗試讓紅蓮轉大人，進而使她的能力覺醒。

真是令人期待。

◇

隔天，我們與龍騎士們會合，在黎明的同時再次朝向魔王城出發。

而且今天每逢休息時間，我就會以【恢復】治癒龍群的疲勞提高步調，同時也進行危險的夜間飛行。

這樣一來，便能在深夜抵達魔王城。

和去程不同，這次我們不繞道布拉尼可，所以快上了一天的時間。

龍騎士們享用了拉納利塔的領主交給我們的便當後相當開心。

他們說從未吃過如此美食。誇獎人類世界非常了不起。

順帶一提，紅蓮拿到了一大塊肉，相當愉悅。

受不了紅蓮的苦苦央求，我試著去拜託領主，想不到真的收到了伴手禮。

現在紅蓮以小狐狸的模樣啃著骨頭，心情很好。

看到她這個模樣會讓心靈平靜。

會不由得認為和平的日子會一直持續下去。

「想要復仇」。

復仇特有的深沉怒氣，做足準備後將對手逼到絕境的亢奮感，讓可恨的對手趴在地上，狠狠踐踏之後感受到的那股愉悅。

沒有比復仇更棒的娛樂。復仇就是讓我如此樂在其中。

要是完成對【砲】之勇者布列特的復仇，想必會讓我獲得等同於高潮的快感，但似乎還得花上一段時間。

所以，在對布列特完成復仇之前，我希望有個能簡單復仇的對象出現。

最好是個會適度地刁難我，並有擊潰價值的復仇對象。

話雖如此，最近鮮少出現敢對我挑釁的愚蠢之徒。就算我想復仇，若是沒有對象也只是空談。

雖然我是為了夏娃才回到魔王城，但同時也是為了在布列特出現前打發時間。

以夏娃的騎士身分行動勢必也會引來嫉妒。最重要的是能見到試圖危害夏娃的傢伙。

要是眼前出現我們這對戀人的敵人，而他讓我感到不快，甚至想加害於我，自然就構成了十足的復仇動機。

我會以正當理由徹底蹂躪他們。

應該有很多人會針對剛成為魔王的小姑娘。

那群遭受虐待的種族是夏娃的同伴，但他們應該也在盤算著該如何取代黑翼族，讓自己種族的魔王候補成為新的魔王。

要是進入魔王城，肯定是復仇自助餐吃到飽。

再不然，乾脆試著放出謠言，宣稱夏娃之所以能戰勝前任魔王，都是仰賴神鳥咖喇杜力烏斯的力量，其實她本人很弱，而且用那股力量得付出代價，現在還無法使用。

到時就會有以為可以趁現在殺死魔王的笨蛋接二連三地上鉤，感覺會很有意思。

如果要走這種路線，似乎也可放出消息說我的真實身分是人類，能成為魔王直屬騎士待在夏娃身邊，是因為我是愛人，實際上弱到不行，感覺也會很有效果。

這樣似乎會有為了惹怒夏娃或是想逼死她，而打算殺了我，把我的頭送給她的笨蛋出現。

嗯，不錯。為了積極地復仇，我就來引那些笨蛋上鉤吧。

像這種笨蛋會在內心持續燃燒著野心到處找麻煩。儘快解決掉也是為夏娃好。

「主人，你擺出了很噁心的表情的說。」

「嗯。剎那也覺得有點害怕。」

「抱歉。因為我很期待見到夏娃。」

想法有點表現在臉上了。

果然不太好啊，復仇的慾望和性慾相同，要是積太多可不行。真想趕緊爽快地發洩出來。

我們途中休息了幾次，以月光為指標繼續著夜間飛行。

於是，終於看見了。

「總算回到魔王城了啊。希望夏娃過得還不錯。」

魔王城進入我們的視線。

飛龍朝著魔王城的中庭下降。

我們總算回來了。

今天就馬上盡情與夏娃相愛吧。

雖說調教紅蓮也很重要，但我這個人很重視戀人，自然要以夏娃優先。

至於紅蓮，就等她變回少女型態，再像昨天那樣疼愛她，並有意無意地刺激她的性感帶，慢慢地教導她性事的喜悅吧。

第三話 回復術士與戀人相擁

我們總算回到了夏娃所待的魔王城。

比預料的花了更多時間。

事前我已經寫信告訴她，我們順利地掌握了吉歐拉爾王國。

只要經由拉納利塔把信送到布拉尼可，就可以透過我私下的據點送到夏娃身邊。

所以，她應該沒有那麼擔心我們才對。

當龍群在中庭著陸後，前來迎接的魔族便出現在眼前。

「歡迎回來，凱亞爾葛大人。」

「有勞你們迎接。事不宜遲，帶我去夏娃那邊吧。」

「是！」

魔族們低頭回答。

我由於打倒前任魔王一事立下了莫大功績，更何況身分還是魔王直屬騎士。

簡單來說，我在這邊的地位可說是舉足輕重。

魔王直屬騎士的權限，就是只要對夏娃有利，做什麼都無所謂。

只要申請就能支用相當龐大的預算，也能夠使喚軍方人員。
這個地位的特權就是擁有殺人許可證，而且一旦想加害我，就會視為與反叛魔王同罪。
簡直是為所欲為。其實原本並不存在這樣的職位，是我勉強夏娃應允的。
「魔王夏娃．莉絲大人正在開會。我先帶各位到房間，還請在那稍候片刻。」
「知道了。就這麼辦吧。」
這個魔族心裡應該也因為對人類低頭感到屈辱吧。
我一邊胡思亂想，一邊被他們帶到房間。
不過話又說回來，魔王夏娃．莉絲。原來夏娃被這麼稱呼啊。

◇

我們在被安排等候的房間享用了茶水與點心。
在魔族領域招待的點心與人類世界的風味稍稍有些不同，實在有意思。
首先，砂糖本身的味道就不同。
茶水也是，非常刺激又嗆鼻。
我覺得這種口味也不錯。
「肉雖然好吃，但甜甜的東西也很好吃的說！」

這次的茶點類似甜的司康。

小狐狸正開心地大快朵頤。

雖然自稱肉食野獸，但紅蓮其實是雜食動物。

「嗯，相當好吃。」

「是啊，第一口嚐起來雖然有強烈的不協調感，但習慣後倒是別有一番風味。」

剎那與克蕾赫似乎都很中意。相反地，芙蕾雅則是淺嚐則止，看樣子不合她的胃口。

「肚子吃得好飽的說。」

小狐狸縮成一團在桌上睡起覺來。

我若無其事撫摸紅蓮的肚子與頭部後，她便露出陶醉的表情發出了聲音。

嗯，紅蓮似乎充分意識到被我撫摸之後會很舒服的事實，她毫無防備地任由我上下其手。

首先第一階段，一有機會就要撫摸，讓她對這件事逐漸習以為常。

然後，等到她開始無條件接受我的愛撫就進入下一個階段。告訴她在少女型態下被我撫摸會更加舒服，一旦她接受了，就盡情撫摸身體內側找些適當的藉口，再告訴她要是用那個，就可以深入到內側進行撫摸。

紅蓮有點呆頭呆腦的，應該能簡單就騙她上鉤。

欺騙笨小孩真是令人開心又雀躍的一件事。

凡事都得循序漸進。

假如我冷不防就把那話兒頂進去肯定會惹她生氣，也不用妄想後續發展。
要按部就班地慢慢來。
畢竟我很習慣忍耐。

◇

由於我想聊大人的話題，所以一個人留在房裡，先由魔族帶剎那等人去我們之前留在這時使用的個人套房。
大約經過了半小時，門打開了。
夏娃與兩名隨從一起現身。一名隨從是穿著傭人服裝的兔耳美少女，另外一個人是鬼族的老紳士。
夏娃還是一如往常地可愛。
她的臉龐、身材以及黑色羽翼，都是如此惹人憐愛。
「你終於回來了！真是的，太慢了喔，凱亞爾葛。」
夏娃衝過來抱住我。
「最好別在部下面前公然這麼做。會有損妳的威嚴。」
「可是，畢竟我們都分開那麼久了嘛。我怎麼忍得住呢。」

她緊緊地抱著我。

我想不光是感到寂寞，她也感到很不安吧。

「……真是的，這麼任性啊。算了，既然是這兩個人應該沒問題吧。」

我吻了夏娃。是大人的接吻。

夏娃用腳交纏了過來，想要索求更多。

雖然想就這樣進展到下一步，但還是先等到把許多事情問完再說吧。否則會因為東想西想，而無法忘我地專注在行為上。

「首先，妳看起來很有精神就再好不過了。」

「這是我要說的。因為我真的很擔心你。」

我稍微露出了苦笑。

這是剛相遇時無法想像的反應。

作為戀人來說是理所當然的反應。

我對夏娃並沒有採用洗腦的方式，而是逐步去改變她。拜此所賜，現在她的反應令我相當滿意。

「我們前往吉歐拉爾王國，消滅了創造出黑騎士的存在，並討伐了吉歐拉爾王。後來我讓艾蓮留在那裡掌握吉歐拉爾王國。魔王城的狀況如何？」

「我有好好照凱亞爾葛說的去做。吸收前任魔王的勢力、恢復治安、為了和人類和平共存

而進行調整。雖然稱不上順利，但有在逐步進行。」

稱不上順利嗎？

算了，這也可以理解。

「這裡有反對勢力嗎？」

「嗯，目前姑且還是會在彼此商量時提出反對。遭到虐待的種族之中也有各式各樣的派閥，有人說必須把受到前任魔王優待的那群傢伙趕盡殺絕，也有人揚言絕對不可能與人類和平共存。」

這些反應也在我預料之中。

畢竟有不少種族在前任魔王那代受到嚴重迫害，導致整個種族幾乎滅絕。

另外，和人類打的戰爭過於漫長，事到如今已無法輕易說放下就放下。

「……暫時還得繼續商量。如果還是不行，也只好來硬的了。」

也不是沒辦法用強硬手段解決這個問題。

夏娃是魔王。

魔王的權能之一，就是可以對魔族魔物宣告絕對服從的命令。

任何人都無法違抗身為魔王的夏娃命令。

只不過也有許多缺點。

要是沒有直接把話傳出去就無法發動這股力量，當命令不夠具體時也無法發揮效果。

不願意和夏娃碰面的對象自然是束手無策，再加上除了明令禁止的事項之外要怎麼做都行，其實存在著許多漏洞，而且單方面強制對方服從命令更是會招來怨恨，會增加對方在夏娃看不見的地方意圖謀反的風險。

基本上，要是欠缺這群傢伙的力量也無法完成統治。

所以他們就算什麼都不做也會是個問題。

最為致命的是，一旦這麼做就玩完了，到時魔王夏娃．莉絲是暴君的謠言將會被傳開，誰也不會願意跟隨她。

「站在別人之上很困難呢。大家在計劃打倒前任魔王時明明是那麼團結，打贏之後卻馬上就四分五裂了。」

「這是人之常情。不僅是每個種族，就連每個人都有自己的考量。能夠統率他們才是個稱職的魔王。」

「也對。雖然有點累人，但我會加油的。」

我撫摸了夏娃的頭。

夏娃平常雖然會發脾氣要我別把她當作小孩，但這次卻很坦率地接受這個舉動。

「加洛爾、拉碧絲，你們兩個覺得如何？」

「哈哈哈，真是令人懷念的名字。會以那個名字稱呼我的，除了夏娃大人以外只剩下凱亞爾葛大人而已了呢。我個人認為，夏娃大人處理得十分出色。」

鬼族的老紳士露出笑容。

他的真實身分是星兔族的族長加洛爾，是與前任魔王私下勾結的叛徒。

雖說表面上已經遭到處刑，然而事實並非如此。我在處刑前一天救了他，並用【改良】把他變為已戰死的鬼族英雄的模樣。

然後，讓他以輔佐的身分在夏娃底下做事，從旁支持欠缺政治能力的夏娃。

夏娃在政治領域完全是個外行人，之所以能處理得如此有聲有色，想必有很大部分得歸功於加洛爾。

「我也認為夏娃大人是個很出色的魔王……不過，偶爾會露出本性的這點還是改掉比較好。」

「啊！拉碧絲，太過分了。怎麼能在凱亞爾葛面前這麼說！」

然後，我將他的女兒拉碧絲任命為夏娃的專屬傭人兼護衛。

星兔族是戰鬥力極為強大的種族。擁有卓越的聽力與氣息察知能力，而且他們壓倒性的腳力在機動力與攻擊力方面都很優秀。性質上最適合擔任護衛。

此外，拉碧絲在星兔族當中也是天才，自從病治好後，她的戰鬥力在魔族領域也排得上頂尖水準。

再加上她是星兔族族長的女兒，在貴族教育下長大，不僅充分掌握了禮儀規矩，也有教養，具備了魔王專屬侍者所必要的條件。

最重要的是，她是我的愛人，也是夏娃的朋友。

所以她絕對不會背叛，夏娃也因為有朋友待在身邊，在精神方面獲得了相當大的慰藉。

加洛爾以及拉碧絲，因為有這兩個人在，我才會放心讓夏娃一個人留在這裡。

加洛爾在政治上協助夏娃，而拉碧絲則是保護她的心靈與性命。

「……因為我真的受到加洛爾與拉碧絲的很多關照，所以沒辦法好好回嘴，真令人不甘心。」

夏娃鼓起臉頰表示不滿。

像這種孩子氣的舉動也很可愛。

「凱亞爾葛大人，老實說，目前的夏娃大人以統治者來看，依然未能獨當一面。知識、經驗、技術以及思想，每一樣都有不足之處……不過，她也確實地在學習。想必總有一天，會成為比歷任的所有魔王都要出色的人物。」

「嗯嗯，我還在繼續成長喔。因為我正在學習很多事情。」

「不該一臉得意地講那種話吧。」

「嗚。」

聽到我的吐嘈，加洛爾與拉碧絲笑了出來。

加洛爾不僅只是從旁輔佐，也擔任教育夏娃的角色。從這個感覺來看，夏娃有確實向加洛爾請益。

想必幾年之後，她就算一個人也有辦法處理國家大事吧。

後來，我們四個人閒聊了一陣子。

氣氛也逐漸熱絡了起來。

……好，這樣一來，差不多可以讓他們看看那個了。

我對加洛爾使了個眼色。

「那麼，就來用用我為了夏娃而安排的祕密道具吧。」

我彈了個響指。

接著，魔族的兩名高官便出現在房內。夏娃立刻繃緊了神經。

因為她命令過別讓任何人進入這個房間。即使如此，他們卻依然走進裡面，甚至沒有為此賠罪。她會警戒也是理所當然。

「請您放心，夏娃大人。他們是凱亞爾葛大人留下來的禮物。是為了讓夏娃大人了解真相而準備的。」

凱亞爾這樣說道，讓夏娃冷靜下來。

這個計畫，是經由我的【改良】與加洛爾的計策而執行的。

「報告。雪豹族長斯諾爾有打算謀反的動靜。他目前勾結了擁有魔王候補的各個種族，正不斷累積戰力。」

突然就是個大人物啊。

說到雪豹族，也曾是遭到迫害的種族，是和我們一起打倒魔王的盟友。

高官繼續報告。

「棘蛙族正在進行拉攏刺客的計畫。」

「儘管沒收與前任魔王聯手的種族財產一案，已經遭到夏娃大人撤回，但有些城鎮正在執行當中。」

「族長會的所有成員都打算讓自己的種族分配到更高的地位，會經常性地以莫須有的罪名流放現職人員，導致魔王領地的治安嚴重惡化。」

「由夏娃大人主張以能力優先推動的晉升考試制度，由於一些種族的要求，已將面試加入考試內容之中。面試占了總評價的九成，由於面試分數會根據口才決定，實際上考試已經失去了功能。」

「要送給在先前戰役當中蒙受戰爭災害的城鎮的支援物資，遭到赤犬族中飽私囊。當地對魔王的不滿已經處於爆發邊緣。」

雖然我很清楚有人會為了一己之私為所欲為，但比想像中還要誇張。

他們兩個是我用【改良】以及各種洗腦技術製作的傀儡。

選為傀儡的人選由加洛爾決定，由我進行洗腦之後再安插到各個種族，為了更容易獲得情報，會由加洛爾定期下達指示。

他們兩人把蒐集到的情報彙整之後便會向我報告。

當然，我這人一向倡導和平以及正義，不會無緣無故洗腦他們。有好好從傀儡候補中遴選出侮辱過我和夏娃的傢伙。

如果是弄壞那種傢伙的心靈，我就不會受到良心苛責。

獲得情報比任何事都來得重要。

不管我擁有再怎麼強大的力量，要是無法正確使用就沒有意義，而為了正確運用力量，自然需要情報。

……這種做法是跟【砲】之勇者布列特現學現賣的。儘管那個混帳的品行與性癖連垃圾都不如，但只論能力卻相當優秀。

「謝謝你們。我很明白了，先下去吧。」

「「是，凱亞爾葛大人。」」

「這是獎勵。」

我扔了糖果。緊接著兩名高官喘著大氣撲向了滾落在地上的糖果。

「啊啊！凱亞爾葛大人的糖果！」

「惶恐！感動！望外！歡喜！高潮！」

他們用舌頭將滾在地上的糖果舔進嘴裡，然後以恍惚神情來回含著糖果。

由於太過感動，使得他們勃起的那話兒將褲子搭起了帳篷，其中一個甚至連褲子都濕了。

……有點噁心。難道我調整過頭了嗎？

當糖果吃完後，他們便擺出了非常難過的表情向我敬禮。

我這次朝他們扔了一袋塞滿了糖果的袋子。

「我都忘了。這是要給其他協助者的份。要好好交給他們啊。要是敢偷拿我就再也不管你們兩個。」

「啊！是，遵命！啊啊啊，屬……屬下明白。我確實收到了眾人的份。不……不會偷吃的，凱亞爾葛大人的糖，我不會偷吃，忍耐，我會忍耐啊啊啊啊啊啊。」

他現在異常興奮，同時也在拚命忍耐被我切割的恐懼。

臉上流滿了淚水與口水，實在是很不堪入目。

我揮了揮手要他們快點離開後，他們就夾著大腿走了出去。

「這就是我的伴手禮。我和加洛爾協力，調查那幫人到底有多輕視夏娃，背地裡又是怎麼為所欲為。這就是現在的現實。」

「……雖說我也有想過，但情況比想像中還要嚴重。其中還有願意理解我的人，但沒想到就連他也……」

夏娃頗為消沉。

兩名高官帶來的情報讓她受到了不小的打擊。

暗殺計畫、反叛計畫，以及其他各懷鬼胎的想法。

這個現實對少女來說過於沉重。

「不用擔心。只要事先得知，自然有辦法做出對策。我手邊正好有個罪證確鑿的案件。就由我出面擊潰他們，來個殺雞儆猴。只要宣告眾人夏娃對每個人私底下在做什麼都瞭若指掌，想必他們今後也會老實一點吧。不過，如果夏娃要求，我倒是也可以用妥善的方式處理。」

之所以會這麼為所欲為，簡單來說就是夏娃被他們給看扁了。

那麼，得告訴他們這種想法是大錯特錯。

遺憾的是，就算想動之以情到頭來肯定一無所獲，所以只能以力量讓他們親身體會。

如果是在更早的階段，應該有辦法採取個別的應對措施。

但這樣是不行的。

為了讓夏娃了解現實，所以我才會讓這群反叛者不斷累加罪行，等待他們值得處刑與處罰的時機。

「……我好歹也已經學到了，只是說漂亮話，對人溫柔是不行的。雖然要肅清一起奮戰過來的種族讓人很難受，但不這麼做他們是不會理解的。凱亞爾葛，把力量借給我。」

「當然，那群傢伙打算傷害我的戀人。我沒理由饒過他們……我們先去寢室吧。等時機到來我們再出手。」

我吻了夏娃後將她抱了起來。

夏娃的身體很燙，想必她相當期待吧。

好啦，雖然打算久違地享受復仇的樂趣，但笨蛋比想像中還多。

這樣一來，就能打發無聊的時間。

我一邊抱著夏娃，同時思考該用什麼方法回報那些打算殺害我戀人的傢伙。

這件事想來就令人興奮。

離開房間時，拉碧絲在我耳邊以我能聽到的音量低喃。

「也請記得疼愛我喔。」

我露出苦笑。

畢竟拉碧絲的身體很棒，待在城內的期間當然也會疼愛她。

第四話 回復術士肅清異己

才剛回到魔族領域，卻聽到了自己人背叛的消息。

儘管稍微感到失落，同時也明白這是無可奈何。

就連同種族之間，都會上演爭執與背叛的戲碼。

連只存在著人類的國家吉歐拉爾王國都會從內部發生分裂，其他國家也趁這個機會企圖趁火打劫。

所以魔族自然也不會好到哪去……不如說，事情只壓在這種程度，都要感謝加洛爾輔佐有方。如果只有夏娃一個人，勢必會演變成更嚴重的局面。

遭到迫害的種族在打倒前任魔王之前雖然團結一致，但如今已是各懷鬼胎。

在打倒前任魔王之後，雖然夏娃有一陣子被視為英雄，但現在有一批人為了壯大自己的種族，甚至將黑翼族視為礙事的存在。

……這是有原因的。

黑翼族遭到前任魔王格外疏遠，受到了最嚴重的迫害，他們的倖存者寥寥無幾，淪落為土地與資產都沒剩多少的弱小種族。

雖說魔王出現在黑翼族之中，但我不認為其他種族會老實服從弱小種族。

這就是所謂的過河拆橋。

一旦事情過去了，就會按照慾望而肆意妄為。

「真是群笨蛋。」

要是什麼都不做，明明就可憑藉著一起打倒了前任魔王的立場，讓整個種族持續受到寵愛，如今卻因為貪婪而將失去一切。

雖然他們想暗殺夏娃，讓自己種族的魔王候補成為魔王，但明明就算殺了夏娃，也沒辦法得知下任魔王會出現在哪個種族啊。

或許他們打算不斷殺下去，直到自己種族的魔王候補成為魔王。

「凱亞爾葛～」

夏娃發出撒嬌的聲音磨蹭著我的胸口。

由於被我充分地疼愛了一番，她現在已經累得睡著了。

我只有在對象是夏娃時不會採取避孕措施。

畢竟她不像其他女人需要一起旅行，不用為此而傷腦筋，況且也必須幫黑翼族增加人口。

像我這種人也會想要個孩子。

因為那是幸福的象徵。

如果我當上了父親，會想在孩子身上灌注所有的愛情。

我輕撫夏娃的頭，然後也開始入睡。
為了她，明天就從各方面著手展開行動吧。

◇

我因為一如往常的晨間呼叫而清醒。
這股快感讓我的背脊為之震顫。
「早安，剎那。」
「嗯，早安。今天比平常還要稀。真羨慕夏娃。能獲得凱亞爾葛大人滿滿的疼愛。」
儘管我有出眾的恢復力，但只要前一天努力到超過限度，會變稀也很正常。
由於剎那每天早上都會例行性地侍奉我，所以似乎能從味道判斷出我昨天有多麼來勁。
我輕搖睡在旁邊的夏娃。
在讓剎那幫我射出來並用嘴巴清理的時候叫醒戀人是個非常瘋狂的行為，但對我們來說卻是日常風景。
「凱亞爾葛，已經早上了？」
「嗯，早安。好啦，既然也充分休息過，是時候工作了。我希望妳能允許我排除敵人。」
我心地善良，鮮少自己主動去加害他人。

但要是有人試圖傷害我或是我的女人，自然不會有任何猶豫。在打算危害夏娃的當下，他們便成為了我的復仇對象。

可說是罪該萬死。

「好啊。可是，那個，別做得太過火喔。畢竟大家都是同伴。」

「這點我辦不到。只是象徵性地懲罰一下，反而會讓其他人得寸進尺。現在必須要盡可能用悽慘的手段處罰他們，確保不會再出現第二、第三個犧牲者。雖說是為了保障夏娃的安全，但要透過強烈的處罰，才能將犧牲抑制在必要的最低限度。更何況對妳露出獠牙的那群傢伙已經不是同伴了，應該說曾是同伴比較正確。」

夏娃比我更為溫柔，要是不這麼說，她甚至還打算袒護叛徒。

就連說到這個地步，她依舊還在煩惱。

我恨那些傢伙，竟敢利用夏娃天真的一面。

既然夏娃天真，就由我來鐵下心吧。

「這麼做真的是必要的對吧？」

「這是為了不讓夏娃被殺。妳知道自己被殺代表著什麼意思嗎？我們好不容易努力到今天的成果將會全部付諸流水。體制也會徹底改變，形成一場巨大混亂。這樣會導致魔族重新開始爭奪霸權，使得成千上萬的人血流成河。」

「也對。嗯，那就照凱亞爾葛的想法去做，下手不需要留情。因為我就是為此才讓你成為魔王的直屬騎士。」

真是好孩子。

我摸了摸她的頭。

立刻就讓那些輕蔑夏娃，認為她只是個花瓶魔王，深信自己的所作所為完全沒曝光的那群傢伙，見識到所謂的地獄吧。

◇

我向加洛爾蒐集更詳細的情報後便外出。

帶著克蕾赫與剎那一起。

反正最後篤定會動武，所以有她們在身邊比較安全，而且我也想提升剎那的等級。

在魔王城後側有一群人正忙著進行土木工程，因此我朝那邊走去。

正在進行工程的只有雪豹族。

他們是身上微微長著藍色體毛的獸人。

儘管雪豹族與人類相當接近，但給人更強烈的印象是纖細的肢體、有些凶狠的藍色眼睛以及藍髮。

我詢問負責指揮的男女二人組在做什麼，然後他們戰戰兢兢地回答正在修復因為之前大戰而損壞的牆壁。

差點讓我笑了。

根據我收集到的情報，其實他們表面上佯裝在修復牆壁，實際上則是挖掘地下通道，企圖將反魔王的勢力引進城內。

「這樣啊，那真是辛苦你們了。我有東西要慰勞各位。」

我帶來了以冰塊冰鎮的柑橘類水果。

這是勞動者最喜歡的慰勞品之一，這類水果的酸味不僅能潤喉也能紓解疲勞。

「魔王直屬騎士大人，實在感激不盡。那我們就收下了。」

我把東西遞給男人時使用了【恢復】。

這是為了讀取他的記憶。

雖說事前已確實蒐集到情報，但難免會有弄錯的時候。我並非愚蠢到會在沒有充分證據的狀況下將某人定罪如此無情。

我在讀取記憶後露出微笑，然後拔劍砍下了男子的腦袋。

女子則是發出了慘叫。

「呀啊啊啊啊啊啊啊啊啊啊啊，卡穆、卡穆！」

「我以反叛魔王的罪行將他處死。因為他向魔王直屬騎士做出了虛假的報告。」

我之所以拔劍，是因為以【恢復】讀取記憶後確定他意圖謀反。

我無視慘叫往前走去，將為了固定貨物的臨時遮雨布用魔術吹飛。

緊接著，出現了一個挖出雛型的洞穴，並且與拚命挖洞的雪豹族人四目相接。

掩人耳目的手法也未免過於草率。

「我之所以來到這，是因為我聽說有企圖暗殺魔王的笨蛋。那群笨蛋為了引進外來戰力，似乎還特地挖了個洞穴。事實上這裡確實有個隧道。可見那個男人對我撒謊。所以也只能殺了他啊。」

我朝女子露出微笑。

「不……不是的，那個，這是，基礎工程所必須的流程，或許魔王直屬騎士大人不清楚，但這是專業領域……」

她說到這裡便停住了。

因為我的劍架在她的喉嚨上，劃開了皮膚。

「哦，妳以為我會蠢到被那種謊言欺騙嗎？既然妳不但對我撒謊，甚至還侮辱我，可不是像剛才那個男人一樣，殺了就結束的溫吞懲罰就能了事。我不會輕易殺了妳。要死的還不只妳一個。我會折磨妳的家人、朋友以及戀人，直到他們懇求我動手殺了他們。而且還是在妳的面前，最後，我也會讓妳嚐到同樣的下場。」

我說到這裡，便從正在進行工程的雪豹族人身上感受到一股殺意。

那些傢伙的眼神就像是在說「既然計畫敗露，也只能殺了他」。

他們在下一個瞬間採取了行動。

豹是地上最快的生物，而擁有這種性質的雪豹族有著與其相符的飛毛腿，他們快速朝我們殺了過來。

然而……

「看到我們只有三個人來，你們都不覺得奇怪嗎？因為只要靠我們就足夠了。」

原本雪豹族有六個人，其中五個要不是被克蕾赫一刀兩斷，就是遭到剎那的冰爪貫穿，唯獨一個成功衝到我的眼前，但也被我隨手釋放的火焰魔術燒成灰燼。

我們的等級差距有著天壤之別。

雪豹族很強。但是等級還不到50，與我們相較之下實在太弱。

活下來的，只有負責發號施令的這個女人。

「好啦，我問個問題。妳覺得我為什麼饒妳一命？」

「不……不知道。」

她一邊發抖，同時拚命地思考該怎麼做才能逃離這裡。

但是，那種空隙根本不存在。

退路已經被剎那與克蕾赫給封死。

「老實坦承自己不知道是種美德。很好。那我就告訴妳吧。因為要是殺了妳，事情就到此結束了。妳的上司應該會這麼說吧？這是你們自作主張的行為，想必是被外面的種族用金錢給收買了。或許還會說自己要代表種族向我們道歉。」

我很肯定會演變成這種狀況。

正所謂斷尾求生，他們會將這件事誤導為個人問題，迴避整個種族的責任。

「這樣一來雖然雪豹族的政治力會被削弱，但相對地不會負起什麼責任。這樣就傷腦筋了。所以我必須要找個人好好證明整個雪豹族都參與了這件事。而且我也想了解與你們聯手的是哪些種族。」

「我……我不能……做那種事……」

「哦，妳比我想像得還要忠心啊。妳想必也明白自己會被當作棄子吧？如果我提出要求，說只要交出妳的家人就能了事，妳的上司甚至會開心得雙手奉上。只要妳願意協助我，我可以保證妳和妳的家人都能平安無事。」

「……我……是出於自己的意願這麼做的！」

都威脅到這個地步了，依舊不打算改變心意。

看來她深愛著自己的種族。

她很清楚一旦自己作證，整個種族都會遭到肅清，就算不會如此，到時候的立場也不會再像現在這樣能操弄政治，無法從中獲得莫大利益。

所以她才會願意犧牲自己與家人。

真是高尚的自我犧牲精神。

太好了。要是她二話不說就乖乖服從，反而會減少我的樂趣。

「是嗎，那也沒辦法。那麼，我就說服到妳改變心意為止吧。這可是我擅長的領域。哎呀，妳不用那麼害怕。幸運的是妳很漂亮。我會用讓妳覺得舒服的方式說服妳的。」

我對說服他人很有自信。

只要使用特製的恢復藥，便能一下子令對方言聽計從，但這次時間充裕，況且我也想玩一玩。就別依賴藥物，用各種方法努力嘗試吧。

雪豹族的女性咬舌打算自盡。

她的舌頭內縮後哽在喉嚨，氣道因此堵塞。想必再過幾分鐘就會死。

不過，可惜啊。我是這世上最優秀的回復術士。

「【恢復】。」

只要不是當場死亡，我便能用【恢復】立刻讓她完好如初。

被我治癒的雪豹族女性一臉茫然，然後我用拳頭打碎她的牙齒，這樣她就再也無法自殺。

「換個地點吧，去地牢。我把其中一間按照自己的喜好，改造成會讓被抓的人都老實招供的地方。只有一個人很不安對吧。妳的朋友也馬上會來的。因為妳將會主動把協助者的名字供出來。」

我拖著激烈反抗的雪豹族女性走向地牢。

有點太顯眼了。

要是這場騷動傳進雪豹族高層耳裡，想必會湮滅證據。先命令寵物們去妨礙他們吧。

接下來我還得忙著和這女人玩耍。

「當我把妳的朋友帶來後，妳猜接下來會發生什麼事？我會讓你們一起在魔王以及掌管國政的十種族族長面前，把一切全盤托出。不過，我們的公主殿下心地善良。大概不會把種族趕盡殺絕吧。」

這點我很肯定。

所以，我要代替溫柔的公主殿下扮演凶狠的角色。

我會讓所有與這件事有關的人，見識一下什麼叫作地獄。

這是睽違已久的復仇。

雪豹族的女性有剎那等人所沒有的成熟魅力。儘管少女比較符合我的喜好，但偶爾也想品嘗一下成熟女性。

況且她的意志十分堅強。她肯定會為了整個雪豹族而頑強抵抗到最後一刻。

要是她輕易屈服可就太無趣了。

想必很有玩耍的價值。

我抵達了牢房。雪豹族的女性看到擺滿了房內的玩具後，瞬間一臉鐵青。

好啦，遊戲開始。

妳到底能堅持幾個小時呢？

第五話 回復術士揭露罪狀

如今的魔王城橫行著叛徒。

有必要來一次大掃除。

首先的目標是雪豹族。因為他們打算從外頭引進其他種族發動叛亂，試圖做出最為不敬的舉動。

我原本對此充滿幹勁，打算將主謀者血祭一番，然而卻讓我大失所望。從計畫到整個做法，根本就是毫無章法。

說實話，腦袋簡直有問題。

雖說姑且是有簡單地藏了一下，但是居然會在光天化日之下，明目張膽地挖掘引進同伴的地道，實在讓人難以置信。

算了，這也證明他們就是如此小看夏娃。

如果不糾正這個誤解，會不斷冒出幹出這種蠢事的笨蛋。

我接下來要審問負責現場的雪豹族。

幸好她是外型接近人類的魔族，而且又是個美女，我可以開心地審問她。

要是從脖子以上是豹，就算是女人我肯定也硬不起來。
就讓我好好享受吧。

◇

我揍了發出慘叫的雪豹族女性一拳讓她安靜，然後將她帶到了地牢的特別房。
那是擺放著大量玩具的牢房。
由於不太想讓剎那與克蕾赫看到我玩弄女性的場景，已經先讓她們回去了。
我姑且有問過雪豹族女性是否願意從實招來，但她卻不發一語，我也只好勉為其難地審問她了。
我對她嘗試了在房間裡面的各種玩具。
裡面不只是市面上流通的，也有我親手做的，能逐一測試讓我感到相當雀躍。
這對我來說也有實際好處。
就像我總是與少女交歡，偶爾也會想碰成熟的女性一樣，如果做愛方式老是一成不變，剎那她們也會覺得了無新意。
如果要做出改變，玩具是非常不錯的著眼點。
只不過要是沒事先測試，我也不知道她們是否喜歡這些玩具。

剎那她們很聽話，就算覺得反感也會為了我而說很舒服。
這並不是好現象。所以既然有審問的對象出現，當然要用那傢伙來測試一下。
反正玩壞了也沒關心，我可以隨意地嘗試各種玩法。
過了半天，雪豹族女性便露出空虛的表情，流著口水以及其他各式各樣的體液昏厥過去。
總之，今天就到這吧。
感覺她現在連話都說不清楚。明天再來吧。

◇

自從我開始說服她後，已經到了第四天。
由於她守口如瓶，審問的過程也拖了很長的時間。
如今我已經問出在外頭負責協助的種族，並讓這女人叫他們出面。
被輕易欺騙的笨蛋就這樣乖乖地落入我的陷阱，兩個人都被抓起來送進了其他牢房。
可惜的是外部種族的使者都是男的，沒辦法用他們來享受一下。
所以我用藥物三兩下就讓他們將計畫老實招供，接著丟給寵物照顧，直到他們能派上用場為止。

今天我也來到了地牢。

當我坐在椅子上翹起二郎腿時，全裸的雪豹族便走了過來，一語不發地脫下我的鞋子與襪子，然後舔起我的腳趾開始清掃。

或許是因為期待著接下來將要發生的事情，她興奮地搖著豹尾。

我也變得挺有一套了嘛。現在就算不靠藥物，也能把女人教育得服服貼貼。

我一開始就用【恢復】徹底查明了這女人的弱點，專心疼愛她敏感的地方。

當她的腦袋因高潮而變得一片空白時，再嘗試洗腦操作。只是重複著這樣的行為，這傢伙就變成了我的人偶。

「所以，如何？妳現在打算開口了嗎？」

「是，主人，我什麼都願意，什麼都願意說。」

她以混雜著情欲的眼神望著我。

如今我的玩耍對這傢伙已經不是審問，而是獎勵。

「嗯，那妳把雪豹族在盤算什麼，一五一十交待清楚。」

「我立刻說，其實……」

這女的所說的話基本上在我的預料之內。

計畫的內容與被扔在其他牢房的傢伙所說的相互印證。看來並非謊言。

跟洗腦還不夠徹底時偶爾說出的片段情報也沒有任何不符。

當她把該說的事情說完，便一臉難耐地用臉頰磨蹭女人最想要的地方。

不可思議的是，她這樣做看起來顯得很可愛。

她和剎那等人不同，我不打算讓她加入我們，也不打算將愛分給她。

只不過，隨時都能搞上一炮的成熟美女確實不壞。

「我想拜託妳一件事。妳不覺得，應該要有人為雪豹族的所作所為贖罪嗎？」

「當然。為了所有魔族的和平，請讓我竭盡所能協助您。魔王直屬騎士大人。」

我原本打算一旦這女人失去用處就扔了她。

但是，和這傢伙做比想像中更加舒服。為了回到魔王城後也能把玩一番，留下她似乎也是不錯的選擇。

只是也得視她今天的成果而定。

◇

在這座魔王城中有所謂的十種族會議，是由現任魔王政權中擁有最高權力的十個種族組成，該會議所做的結論，會由夏娃判斷是否可行。

夏娃與十種族的代表來到了報告的會場。

十種族的族長低著頭聆聽報告。夏娃偶爾會煩惱待如何下判斷，而偷偷瞥向加洛爾一眼，然後加洛爾便會給出暗號。

如果不是什麼重要案件，夏娃就會一個又一個地允許執行。

「魔王夏娃．莉絲大人，今日的案件到此告一段落。那麼就讓我們閉會……」

「不，今天我有些話想說。請各位再留下來一會兒。」

夏娃故意以不會讓對方察覺的語氣開始說話。

「我們打倒前任魔王，爭取到了得來不易的和平。但這裡卻有為了中飽私囊，而打算毀壞這一切的無禮之徒。所以，我要把這個種族逐出十種族會議，處刑擔任族長及重要職務的人士，並將整個種族流放到邊境的開拓村。」

十種族的族長開始慌了起來。

他們之中有不少人，對這番話的內容或多或少都有些頭緒。

「要遭到魔王夏娃．莉絲大人流放的種族是？」

「是雪豹族。他們策劃與前任魔王時代勢力龐大的土猿族、鎧機族聯手發動叛亂。雪豹族擅自挪用國庫資助土猿族與鎧機族武器、糧食以及金錢已是罪該萬死。甚至還為了將他們引入城內而試圖挖掘地道。我實在無法容忍這種行為。」

在場所有人都望向了雪豹族的族長。

「這根本是無稽之談。我們明明只是在進行城牆的修補工程而已。何況我收到的報告指出，那位魔王直屬騎士大人竟然無緣無故地攻擊我們！這些話根本是強詞奪理。」

我也料到他會這麼說了。

雪豹族知道我襲擊了挖掘地道的那群人。

從那之後已經是第四天。看來他已經想盡辦法湮滅證據，並找好了藉口。

不過，我正是因為能確實將他逼到絕境才出現在這的。

慢慢逼他招供吧。

我彈了個響指。

隨後，魔王軍的士兵將我關在牢房的土猿族以及鎧機族的男子帶了進來。

他們是我用雪豹族的女性引來的另一邊的聯絡要員。

「雪豹族族長，你是否認識這兩個人？」

「我沒見過他們。」

「是嗎？那麼你們知道這個男人嗎？」

土猿族及鎧機族的男子以激動的神情指向斯諾爾。

「我認識他！就是這個男人向我們邀約的。他說現在還有辦法讓我們取回過往的權力！」

「我們，也是一夥的。他答應，要給我們武器、兵糧，讓我們進城。」

這兩個人滔滔不絕地說出是雪豹族主動提出殺害魔王的計畫。

而且內容鉅細靡遺，舉凡雪豹族的甜言蜜語、收到的資助，其他還提供了魔王領地內富裕的城鎮及村莊，告訴他們這些地區疏於警備的時期，好讓他們能輕鬆掠奪。

對他們所說的一切，在場的人似乎都有頭緒。

尤其是遭到前任魔王勢力襲擊的村莊及城鎮，這件事正好讓眾人傷透腦筋。因為對方總是瞄準警備薄弱的時候襲擊。

用藥物果然輕鬆。

讓那個女人變得百依百順花了我幾天時間，但讓這些傢伙老實開口只花了一個小時。

「如何？你們的協助者已經老實招供。而且土猿族以及鎧機族已經被我鎮壓。也得到了各種有關雪豹族的物證。要在這排出來讓你看看嗎？你該不會還打算堅稱這是強詞奪理吧？」

我沒有閒到會把整整四天都花在調教女人。

雪豹族確實有為了湮滅證據而行動，但範圍充其量也只能限定在城內與自己人身上。

他們無法顧慮到外面，所以根本隨便我查。

而且為了不讓人懷疑自己與土猿族及鎧機族的關係，他們打算在風頭過去前斷絕一切聯絡，這反而更合我意。

「全……全都是捏造的！一定是那個男人為了陷害我，才會鼓吹這種謊言！」

「我還有其他證據。」

我彈了個響指，由我調教的雪豹族女性走進房內。

族長的表情瞬間僵住。

想必他以為這個女人已經被我殺了吧。

「我們雪豹族犯下了無可饒恕的罪行。可是，由於魔王直屬騎士凱亞爾葛大人的一番話，讓我想起了何謂正義。我願意將一切全盤托出。」

女子揭露了雪豹族的所有企圖。

條理分明，和至今發生的事件也有一致性。

「那也是……強詞奪理，根本是危言聳聽。」

真令人看不下去。

不過，我還有其他手段。此時，其他種族的族長舉起了手。

「雖說我們拒絕了，但雪豹族曾教唆我們發動叛亂。當時還以為他是開玩笑，但照這個狀況來看，他似乎是認真的。」

「我們也有頭緒，上個月遭到襲擊的村落，負責警備那邊的種族應該是雪豹族。」

「你這傢伙！竟敢出賣我！」

塵埃落定。

其他族長們也開始譴責雪豹族。

我好不容易才忍住了笑意。

實際上，這也是我布的局。這些人犯下的罪狀相對輕微，還在我能勉強原諒的範圍，我約好對他們睜一隻眼閉一隻眼，但相對的要幫我彈劾雪豹族。

我只不過是說「假如敢違逆我，就把你們的罪行也公諸於世」，他們便輕易倒戈了。

雪豹族就算猜得到我會告發他們，也沒料到其他種族會群起圍剿。

「罪證確鑿。我以魔王夏娃．莉絲之名下令。將雪豹族流放到邊境的開拓村。族長斯諾爾以及其他幾名擔任要職的人員，則是以格蘭之弒處刑。」

聽到格蘭之弒，在座的幾個人突然一臉鐵青。

這是在魔王領地最為殘忍的酷刑。

我早就想親眼見識一次。

就這樣，雪豹族遭到定罪。

後來我以三寸不爛之舌，讓老實坦承一切，悔過前非的那個女人得以留在魔王城。

這樣偶爾可以上她來換換口味。

◇

隔天，立刻執行了格蘭之弒。

由於事前已經在魔王城鎮將雪豹族的罪行以及要動用格蘭之弒一事昭告天下，現場擠滿了許多前來參觀的魔族。

魔王城鎮有個處刑場，從外面可以看到裡面有個巨大的牢房。

牢房裡關著一隻名為格蘭的魔犬。

此時，雙手遭到捆綁，全身赤裸的雪豹族被丟進了牢房。

為了不讓他們咬舌自盡，已事先將所有牙齒打斷。

夏娃站到了台上。

「這些人試圖破壞得來不易的和平，將在此制裁他們。各位要清楚地將罪人的下場烙印在眼裡。」

魔犬格蘭襲擊了雪豹族。

從他們的腳開始狠狠地咬下。

慘叫聲頓時此起彼落。

活生生被吃下的疼痛與恐怖令人無法想像。

被狗活生生咬死雖然很殘忍，但要稱為最為殘忍的酷刑似乎言過其實。

其實，魔犬格蘭有個恐怖的性質。

當飽腹感達到一定程度之後，魔犬舔拭獵物的傷口，於是傷口瞬間止血。

接著，魔犬格蘭將舌頭伸進雪豹族的嘴裡讓他們喝下某種液體，然後就開始午睡。

「夏娃，這個大概會持續多久？」

「因為魔犬格蘭食量小，大約兩個星期吧。」

魔犬格蘭會珍惜得來不易的獵物，一點一點地慢慢吃完。

更可怕的是為了避免鮮度下降，會在活著的狀態下吃掉。

魔犬格蘭只要舔舐傷口就能止血。

至於流到他們嘴裡的則是麻痺毒，會讓他們連一根手指都無法動彈，並將人體的新陳代謝抑制在最低限度，使得獵物不需進食也能維持身體機能，同時補充水分。

魔犬會像這樣，在他們活著的狀態下花兩週慢慢吃掉他們。

沒有比這更殘忍的處刑方式。

他們打算殺害夏娃，這是理所當然的報應。

夏娃鐵青著一張臉。我將她帶到不引人注目的地方，然後她便開始氣喘吁吁，額頭也流著汗水。

「妳感覺很不舒服吧？」

「我不是很想用這種方法處刑。因為我的親人也曾遭受過這樣的對待。」

「抱歉。我不該要求妳用殘忍的方法殺死他們。」

我抱緊夏娃。

夏娃將臉埋進我的胸口。

「沒關係。如果這樣能讓我不再殺害更多曾是同伴的人，我就能忍耐下去。」

「不會再這樣了。不會再有人把夏娃當作懵懵懂懂的小女孩而輕視妳。」

只要讓眾人見識到雪豹族的企圖都被掌握得一清二楚，他們也會察覺到我們絕非有眼無珠。

然後也同時讓眾人了解到，若是有這個必要，夏娃會毫不猶豫地痛下殺手。

即使如此還是企圖發動叛亂，要不是蠢到極點的笨蛋，就是相信自己有能力在不被察覺的情況下完成目的的強敵。

假如是後者，到時就讓我充分發揮本領吧。

「好了，回去吧。我會在床上安慰妳的。」

「凱亞爾葛，你怎麼老是想著做這種事啊！」

「討厭嗎？」

「沒有，我並不討厭。你今天要盡情地疼愛我。」

我正有此打算。

今天也要把滿滿的精華灌進夏娃體內。

此時，一陣猶如電流的觸感竄過我的脖子。

……往往像這種時候都會發生什麼事。我得比平常更加提高警覺了。

第六話 回復術士疼愛寵物

自從來到魔王城後，也很快地過了半個月。目前魔王城內逐漸趨於和平，這都要歸功於肅清行動。

以收拾雪豹族那件事為開端，我以魔王直屬騎士的身分大大地活躍了一番。

我將那些幹得太誇張，沒辦法視而不見的傢伙一個一個揪出來對付，而今天的目標就是最後一個。

說實話，我很想將所有試圖危害夏娃的傢伙全部解決掉，但要是連罪狀較輕的傢伙也一併定罪，就會對統治魔王城的過程產生影響。

算了，看到那些胡作非為的蠢蛋被我毫不留情、悽慘地定罪之後，罪狀稍輕的傢伙應該也會就此收手。

如今，漫長的大掃除也總算要告一段落。

「對……對不起，我只是一時鬼迷心竅！是真的，請相信我！」

風鼬族的族長站在夏娃的王座前，一邊搖晃著鬆垮的腹部一邊死命求饒。

真令人難過。當初還在星兔族聚落的時候，我曾認定風鼬族是可以信任的，是在一開始真正成為同伴的三個種族之一。

所以我對他們有特別的感情。

我不希望鐵豬族、岩馬族以及風鼬族這三個種族出現叛徒，要制裁他們實在讓我很心痛。

但是，我不能原諒他們。這傢伙竟然對夏娃派出刺客。

我將刺客的首級放在風鼬族族長的面前後，他看到後就一屁股跌坐在地上。

「咿……啊啊啊……嗚嗚嗚嗚！」

儘管魔王對於魔族與魔物來說是無敵的存在，但只是能讓他們聽從命令。要是在熟睡中或是從死角出其不意地遭到攻擊依然會死。

因此我不可能饒過他。和雪豹族不同，他們的外觀就像是兩條腿的鼬鼠，連當玩具用也不行，根本沒得救的機會。

「魔王夏娃・莉絲大人、魔王直屬騎士大人，我……我們一直以來，不是一同奮鬥過來的嗎！魔王夏娃・莉絲大人能有今天，也都是多虧了我們啊！請您，務必原諒我這次的過錯。只是一時衝動而已！求求您，求求您了！」

夏娃乍看之下保持著撲克臉，但內心十分動搖。

她明明有話想說，卻始終沒有發出聲音。

……這種脆弱的地方正是她的缺點，但同時也是她惹人憐愛的地方。

剎那、芙蕾雅、克蕾赫以及紅蓮在這種地方就很果斷。

然而夏娃卻無法這麼做。

我希望夏娃保持這樣。所以，就由我來代替她吧。

「萬一暗殺計畫成功，你現在會怎麼做？想必是在魔王夏娃．莉絲大人的首級面前放聲大笑吧。別掙扎了。你會死，而且會死得很悽慘……把他帶走。」

親衛隊隨即上前將那傢伙帶走。

由於風鼬族族長奮力抵抗，親衛隊揍了他一拳讓他閉嘴。明明是魔族頂點的十種族之一，但親衛隊卻毫無任何敬意，只是將他當作罪犯看待。

親衛隊是我在這幾天建立的精銳部隊。

我以【改良】稍微改造了他們的身體，將能力值調整成最適合每個人的戰鬥風格。削除了任何有可能影響戰鬥能力的傷病，並改善了肌肉、骨骼以及反射神經。

在精神方面，則是運用藥物以及洗腦手段，讓他們發誓對我與夏娃抱著絕對的忠誠。

自從來到魔王城後，我擔心自己不在時夏娃可能會有危險，因此才製作了他們。

有人輕視他們的忠誠而想辦法收買他們，然而無論開出多麼誘人的報酬，他們依然不為所動，反而會回過頭來向我報告打算收買他們的愚蠢之徒是誰。

此外我也命令他們之中的幾個人假裝遭到收買，讓他們把我們想洩漏出去的情報提供給這些人。

「各位，今天就到此為止……我有一個請求。請別再讓我做這麼過分的事了。我不想這麼做。可是如果有必要，我絕不會猶豫。」

在場的所有種族叩拜夏娃。

這樣一來，肅清便告一段落。這裡已經沒有人是罪大惡極。

而被我放了一馬的那群傢伙，明天將會收到一封特別的信。

我將他們的罪狀以條款列出，上面還簽有夏娃的名字。內容是：雖然會饒恕他們至今的罪行，但要是繼續執迷不悟，將會與雪豹族、風鼬族淪為同樣的下場。

萬一這樣還不願安分守己，也只能擊潰他們了。

◇

後來，我在夏娃的房間疼愛了她。

每當感到痛苦的時候，夏娃總是等不及夜晚便索求我的寵愛。

這時的夏娃會非常熱情，比平常更激烈地索求我，讓我相當愉悅。

由於夏娃完事後直接睡得不省人事，我親吻了她的額頭後便離開了房間。

在我自己的房間，收到了一張從魔族與人類共存的城鎮布拉尼可寄來的信。

我在布拉尼可有一個據點，拉納利塔以及吉歐拉爾王國這些人類地區的情報，會經由布拉尼可送到魔王城。

「真不愧是艾蓮。」

我看了艾蓮送來的報告書。

她已經完全掌握了吉歐拉爾王國。正逐步完成一套體制系統，確保自己不在也不會有任何問題，似乎只要再過半個月就可以與我們會合。

此外，她在信上也提及了葛蘭茲巴赫帝國的動向。

根據人員與貨物的流動來看，他們準備發動戰爭的可能性很高。

真不愧是艾蓮，她明明沒有聽說葛蘭茲巴赫帝國在暗中活躍，居然能只靠身邊的情報就預測到了這點。

接著，我寫了一封信要給拉納利塔的領主。

要他一旦得知葛蘭茲巴赫帝國的動向，就得一五一十地通報艾蓮。只要能得知正確的情報，艾蓮就能把事情辦妥。

除此之外，艾蓮寄來的信上還提出建議，告訴我該如何掃除魔王城內的垃圾。目前的肅清工作能進行得如此順利，絕大部分都要歸功於她的建議。

艾蓮的策略雖然效率好到超出了人類的領域，但並不代表她無法洞察人心。她反而更擅長使人受挫，束縛人心的策略。

「其他還有……」

拉納利塔的領主寫的信，以及地下情報販子的信。

拉納利塔的領主傳達的情報，是以拉納利塔的角度所看到的吉歐拉爾王國重建狀況，還追加了有關葛蘭茲巴赫帝國的動向。

而地下情報販子的信上，則寫著疑似布列特的人物出沒在葛蘭茲巴赫帝國的某個都市，從黑市買下了價格最為昂貴的美少年。

這兩項情報彼此串連後——

可以想見布列特確實投靠了葛蘭茲巴赫帝國，而且與戰爭有關。

假使他是個亡命之徒，肯定無法買下價格昂貴的少年。

因此他在葛蘭茲巴赫帝國不僅被視為賓客對待，甚至還建立了自己的據點。

這次的戰爭果然和他脫不了關係。

「好啦，該怎麼辦呢？」

最直截了當的方法，就是直接潛入葛蘭茲巴赫帝國。

布列特很容易感到厭倦，而且喜好也是挑三揀四。

光憑一個少年絕不可能滿足他。

所以他肯定會再買下其他少年。只要讓地下情報販子幫忙撒網，再由我埋伏在附近就能襲擊他。或者，我也可以直接襲擊他的據點。

將他的新收藏品徹底破壞也頗有一番樂趣。

雖說我是盡可能不希望把與復仇無關的對象牽扯進來，但遭他毒手的少年將會喪失心智，成為言聽計從的寵物。

在那種狀態下還要活著也是種煎熬，殺掉也是種救贖。能在助人的同時打擊布列特，可說是一石二鳥。

當然，我也可以移動到拉納利塔或是吉歐拉爾王國，等做好準備再埋伏他。

……不，還是別這麼做吧。

那傢伙說不定會用【賢者之石】幹出什麼事。

還是趁早動手比較妥當。

再稍微收集一下情報之後，就潛入葛蘭茲巴赫帝國吧。

我寫了三封信，然後交待親衛隊送往位於布拉尼可的據點。

相信待在布拉尼可的部下收到後應該會妥善處理。

好啦，現在似乎無事可做了。

要去參觀風鼬族的處刑現場嗎？

由於風鼬族在戰爭時有過亮眼表現，罪狀稍微減輕了一些。因此我不會讓他們受到每天被狗一點一滴吃掉的這種悲慘遭遇。

只不過是讓他們族人互相殘殺罷了。

這在魔王領地是相當流行的處刑方法，把罪犯集中起來扒光衣服，再推上競技場的擂台。

然後設下結界，讓他們無法離開擂台。

接著罪犯要互相殘殺，直到剩下最後一人，而最後一人則會被當作奴隸賣掉。

要是他們不願廝殺，所有人都會相親相愛地被活活餓死。

我雖然沒有見識過，但聽說廝殺對象是自己人，而且也不能使用武器的話，畫面會相當悽慘。

哪怕是聲稱不願動手殺人的傢伙，也會因口渴與飢餓而激發求生意志，進而對同伴下手。

雖然這是不錯的創意，不過要幾天後才會有亮點，就算現在去也沒什麼看頭。

當我在思考該怎麼辦的時候，正好傳來了敲門的聲音。

來的似乎是親衛隊。

「魔王直屬騎士大人，您上次交待的東西已經完成了。」

「哦，比想像中還快啊。我過去瞧瞧。」

由於這段期間過於操勞，所以我準備了東西犒賞我自己。

要是我使用過後覺得滿意，就讓夏娃也享受一下。夏娃應該還沒有體驗過那個玩意兒。

我把縮成一團在床上睡覺的小狐狸抱了起來。

「主人，我們要去哪裡的說？」

「紅蓮，我們要去浴室。而且還是天然溫泉。魔王城的地下有溫泉。我叫部下們幫忙改造成浴室。」

我用鍊金魔術完成了挖掘跟簡單的基礎工程，但加工以及麻煩的部分則是推給了部下。

聽說為了這個工程聚集了一群能工巧匠，所以我也很期待成品如何。

「太好了說！紅蓮最喜歡洗澡的說！快點帶人家去的說！」

紅蓮最喜歡洗澡。

我還記得她在拉納利塔也很開心地用了堪稱狗爬式的狐爬式徹底享受了一番。

好啦，走吧。

我也想讓身體舒暢一下。

◇

魔王城地下準備的超乎我的想像。

浴池以品質出眾，散發著黝黑光澤的光滑石頭製成，引入了從地下湧出的溫泉，再以地下水維持適當的溫度。

「是溫泉的說！狐狸，全速前進！」

在我手臂裡縮成一團的紅蓮輕快地跳了出去，以小狐狸的模樣開心地游了起來溫暖身體。

我也跟著進入浴池。

真是很棒的溫泉。我用【翡翠眼】確認過，似乎對回復疲勞很有效。

水面上漂浮著些許藥草，這些都有著極佳的放鬆效果。

身體被暖和起來，這一帶也散發出清新的香氣。

「等剎那她們回來也要讓她們好好享受一下。」

「這主意不錯的說。這裡既寬敞又舒服的說。」

剎那等人正在外面提升等級。

儘管勇者組的等級一口氣爆增不少，但剎那的等級依舊很低。

所以在魔王城外提升等級是最近的例行公事。

紅蓮游累了後，便靈巧地浮在水面上放鬆。

我將她拉了過來，然後開始幫她按摩。

紅蓮的弱點是尾巴的根部。我以那裡為重點揉捏。

「雖然溫泉也很舒服，但主人的按摩也非常棒的說。就像天堂一樣～」

由於太過放鬆，讓小狐狸變成了懶懶狐狀態。

「噯，紅蓮。妳知道嗎？如果變成少女的模樣，按摩起來會更加舒服喔。」

「是這樣的說？」

「嗯，因為人體存在著狐狸沒有的穴道。」

紅蓮興奮地豎起了狐耳。

毫無戒心的她變成了少女狀態。

儘管外表看起來年幼，但紅蓮有許多部分已具備成熟的特徵，還有一股跳脫人類，神獸特有的美感。

她比剎那更有女人味，稚氣與性感帶來的兩種極端實在讓人心癢難耐。

她的肌膚難以置信地柔軟，將我的手整個吸住，而且還散發一股吸引男人的誘人香味。

「紅蓮給予主人盡情幫我按摩的權利的說！」

「實在不勝感激……這樣說行嗎？」

「免禮的說！」

我從尾巴的根部開始，進一步滑向私處。刺激她的性感帶。

「啊！嗯，那裡，好暖和……」

「這樣啊。那表示妳感覺很舒服。」

無論觸碰任何部位她都不會反感，發出的聲音也愈發性感。

像這樣按摩純真無邪的少女有種背德感，實在不錯。

「主人，好厲害的說。紅蓮的身體裡面，變得好熱的說。」

溫泉的存在構成了雙重效果，讓她完全進入了狀況。

好啦，是時候來品嘗紅蓮的肉體了。

我要對她身體的每個角落都仔細地按摩一遍。

當然，也包含了身體內側。

俗話說愈天真的小孩愈可愛。我現在才真正明白這句話的意思。

◇

紅蓮將手放在浴池扶手上，猶如在誘惑我似地朝這邊挺出了屁股。

儘管被水浸濕，尾巴依舊毛茸茸的，還有那白皙的臀部，無論哪個都很可愛。

而最吸引我目光的，則是尚未發育完全的女性器官。

不僅非常地緊實，甚至連一根毛都還沒長。

明明身體已經有所成長，唯獨那裡卻還像個小孩。

……該怎麼辦呢？

要是她尚未發育到能夠接受男人的程度，其實我並不打算硬來。

這麼做對紅蓮來說也不會舒服，只會感到疼痛以及不快。

再怎麼說，我還是很中意這隻小狐狸。不想對她做太過分的事。

「怎麼了說？按摩已經結束了說？」

紅蓮以意猶未盡的表情望向這邊。

她表現出一種想要我繼續疼愛她的心情。

「不，還沒有。」

與其思考，不如實際試試看比較快。

我將手整個蓋到紅蓮的胸部上開始揉搓。

「總覺得，好溫暖的說。」

「是嗎？那麼，這樣如何？」

「嗯！好麻，那邊感覺好麻。」

我輕輕一捏乳頭，她便立刻豎起狐狸耳朵。

真有意思。

我稍微把玩了紅蓮的胸部一陣子後，她的下半身也開始出現變化。

雖然只是些許，但她分泌出了閃閃發光的愛液。

……哦，與外表相反，已經確實地成長為女人了啊。

我來好好確認一下吧。

「接下來要進行內側按摩。」

我小心翼翼地，緩緩放入指頭。

紅蓮的那裡雖然緊實，但並沒有超乎想像。

「胸口那種輕飄飄的感覺，愈來，嗯……愈強的說。」

紅蓮的私處在蠕動。

明明外表看起來只是個小孩，動作卻很煽情。

何況這還只是放進指頭，不由得讓我心想要是挺進這裡，不知究竟會有多麼舒服。

這毫無疑問是個名器。

我繼續愛撫，於是紅蓮的聲音也開始熱情了起來。

然後，她沒有用手去支撐身體的餘裕，虛脫地倒在地上。

「這個，好舒服的說。紅蓮，喜歡這個的說。」

我一邊觀察狀況，同時慢慢加強力道後，紅蓮的音色變得更加高亢。

我大概可以了解紅蓮的形狀，以及會讓她愉悅的部位。

但是，我故意不觸摸最有感覺的地方，讓她感到焦躁難耐。

然後我在沒有觸摸最舒服部位的狀況下，讓她達到了高潮。

紅蓮開始潮吹，將我的手噴得濕濕黏黏。

「啊！嗯嗯！嗯嗯。呼……呼……呼……這個，好舒服的說。」

「如何？只有少女模樣才能體會到的按摩很不錯吧？」

「非常……舒服的說……可是，好難耐的說，紅蓮的這裡，感覺好奇怪的說。」

紅蓮從趴著的狀態翻身仰躺，輕輕地拍打自己的下腹部。

如我所料。

「那裡用手指是碰不到的……不過，若是用這個就頂得到。」

我秀出自己的分身。

紅蓮見狀，用力地嚥了口口水。

「如果是這個，就能頂到的說。會變得，更加舒服的說。」

紅蓮現在滿腦子只想著要讓自己更加舒服。

她的私處也很期待，蜜瓣正不斷地顫動著。

「嗯，會讓妳很舒服的。用這根棒子做內部按摩會很爽喔。剎那她們也很樂在其中，每天都懇求著我。」

「唔，只有剎那她們太狡猾的說。居然獨占這麼舒服的行為。紅蓮也要做的說！」

明明我還沒教過她，竟然自己以M字開腳來誘惑我。

年幼的外表與淫靡的行為交織而成的不平衡感，構成了最誘人的場景。

我就這樣壓在她身上，用我的分身頂住紅蓮的私處。

然後，就這樣直接插入。

「啊！嗯！好舒服的說，光是進來，就頂到紅蓮覺得舒服的地方的說。」

紅蓮發出了非常羞恥的聲音。

插入手指的時候就已經有感覺了，紅蓮的私處簡直就像是為了我而量身訂作，與我的那話兒完美契合。

只是插入而已就讓我幾乎快要高潮，就算像這樣停止腰部擺動，蜜壺也會試圖吸出我的精華而不斷蠕動。

真糟糕。這可能會上癮。

這樣就算抽動也不要緊，甚至不需要讓她適應。
「那麼，要開始啦。」
我擺動腰部。
我加大扭腰的動作頂向深處。因為紅蓮喜歡被往裡面頂，所以這麼做比較好。
每當我擺動腰部，紅蓮的嬌小身軀就會彈跳起來。
「好棒，好舒服的說，喜歡，紅蓮，喜歡這個——！再來、再繼續，紅蓮，希望主人繼續頂的說。」
紅蓮的聲音、味道以及觸感，所有一切都在融化我的理性。
感覺很怪，不像是一般的性愛。
就連思考都變得斷斷續續。
這種感覺，簡直就像是剛學會性愛的猴子。
這個，到底是……
「啊！嗯！有好奇怪的感覺要來了，要來了，要來的說。啊，嗯！呀啊啊啊啊啊啊啊啊啊啊啊！」
然後紅蓮高潮了。
在那個瞬間，紅蓮的蜜壺激烈地纏住我並不斷蠕動。
忍不住了。

沒有像以往那樣使用避孕魔術的餘裕。儘管我想說至少要拔出來，但紅蓮卻以雙腳緊緊地扣住我的腰，而且還用雙手抱住我。

「唔！」

於是，我也抵達了極限，在紅蓮體內噴出了所有精華。

精華不斷釋放，噴出的量連我自己也難以置信。

「啊！好燙的來了的說，啊哈！好厲害，好美味的說。」

當我噴進深處的瞬間，紅蓮又再次高潮。

而且紅蓮還因為過於興奮而咬了我的脖子。

很痛，然而連這股疼痛也是美好的體驗。

我射到最後一滴，紅蓮才總算把我鬆開。

拔出分身後，大量噴出的精液與愛液混在一起，從紅蓮體內不斷溢出。

紅蓮則以手去撈了那些體液舔了起來，然後笑了。

就像是這樣還不夠滿足那般，紅蓮將沾在我那話兒上的液體也一起舔乾淨。

「果然，好美味的說……主人，紅蓮，想要，更多、更多的這個的說。給紅蓮，紅蓮想要，喝到更多這個的說。」

她趴在地上，用屁股朝向我。

會意過來，才發現明明射了那麼多精華，我卻又變得堅硬挺拔。

看起來很好吃。我莫名地想繼續貪求紅蓮的肉體。

當我湧起這個念頭的同時便插入了她的蜜壺，理性已完全拋到九霄雲外。

「啊嗯！比剛才還要，更加粗暴的說，可是，沒關係的說。紅蓮希望，希望主人更加粗暴的說。」

明明是少女的模樣，但我已無法將她視為少女看待。

毫無疑問，紅蓮是魔性之女。

簡直就像是為了讓我舒服而雕塑出來的肉體，舉止、聲音以及味道，這一切都令人難耐。

我已經完全沉迷於她的魅力。

我以為是自己在貪求著紅蓮的肉體，但或許是紅蓮在索求著我。

我對這點心知肚明，卻沒有抗拒的念頭。

畢竟這種感覺是如此舒服。

那麼，就順著這種心情吧。

我現在只想抱著這位少女。用她的蜜壺達到高潮，如今我滿腦子只有這個念頭。

◇

一個小時後，紅蓮露出了朦朧的眼神，全身虛脫無力。

她嬌媚無力地倚靠在我身上並對我撒嬌，雙腳似乎已經站不起來。

我用公主抱將她抱出浴池。紅蓮用尾巴磨蹭著我的身體。我第一次見到這樣的舉動。尾巴似乎有排水效果，已經恢復了毛茸茸的感覺，相當舒服。

「主人，實在太舒服了，害紅蓮什麼都想不起來的說。」

「那麼，明天再來做吧。希望妳這次能好好記住那種感覺。」

「嗯，很期待的說。」

變回以往的紅蓮了。

已經感覺不到那種危險的性感。

拜此所賜，我也成功地取回了理性。

紅蓮的那裡還滴著我的精華。

……我剛才射了非常多，而且還沒有避孕。

要是有了孩子會對旅途產生影響，因此我與剎那等人做的時候都會確實採取避孕措施。

不過，應該不要緊吧。畢竟她是神獸。

況且做愛時她散發出一股堪稱魔性的魅力，我認為那並非只是單純的性感，而是更為根本的，為了以神獸身分完成必要之事，一種與生具有的功能。

既然如此，表示這是正確的舉動。

我這樣說服自己後，便離開了浴室。

第七話 回復術士獲得意想不到的財寶

最近，每當我走在魔王城，就會看到魔族對我莫名畏懼。

……這也無可厚非，畢竟我進行了大量肅清，並用各種手段威脅他們。

拜此所賜，試圖危害夏娃的鼠輩也從所見範圍內消失，目前相當和平。

話說回來，之前發生了件有趣的事情。

在我當上魔王直屬騎士後，似乎有一群人認為我掌握了過多權利，為此感到不滿，嚷嚷著還有其他人更適合擔任魔王直屬騎士。

於是他們得出了一個結論，就是由各種族推出候選人，重選出新的魔王直屬騎士。

他們似乎認為最強的人才有資格擔任魔王直屬騎士。

規則很簡單。將所有候補集合在鬥技場，彼此互相殘殺，留到最後的人便是魔王直屬騎士。

除了我以外的候補在戰鬥開始的同時便所有人一起朝我殺了過來……完全在我的預料之中，害我不禁笑了出來。

我迅速地收拾了所有人，讓他們見識了我的實力。

如今已經沒有人會再對我擔任魔王直屬騎士一職有任何怨言。
估計這件事也是他們畏懼我的理由吧。
走在旁邊的剎那抬頭仰望我的臉。
「凱亞爾葛大人，你好像很寂寞。」
「遭到他人畏懼的感覺確實不好。畢竟我也不是因為想殺而殺，要是對方不是壞人，自然不可能做出這種濫殺的舉動。」
雖然容易遭到誤會，但我並非喜歡看到鮮血，以折磨他人為樂的變態。
只是因為有必要才會這麼做。
「嗯，凱亞爾葛大人很溫柔，剎那很清楚。」
真是好孩子。
摸摸她的頭吧。
我用【翡翠眼】確認剎那的等級。
「剎那，妳的等級已經提升到我以為自己看錯了。如果對手是普通的勇者，妳應該已經能獨自戰勝了吧。」
「嗯。剎那很努力在訓練。因為剎那必須變強到足以助凱亞爾葛大人一臂之力。」
魔王城周圍的魔物都有不俗的等級。
等級高代表經驗值也高。

因為剎那會和芙蕾雅、克蕾赫，有時甚至會加上我共三名勇者組隊，藉由經驗值加成能獲得八倍經驗值，會有這種成長也是顯而易見。

由於我每天早上都為她注入精華解放等級上限，現在還有十足的上升空間，目前的等級已將近70。

如果我沒記錯，在第一輪挑戰魔王時的等級大約在70左右。若是將優秀的天賦值也納入考量，剎那的實力已經超越第一輪的勇者隊伍。

……不，這種講法太誇張了。三名勇者擁有【神裝武具】這種占有壓倒性優勢的武器。

「差不多該返回吉歐拉爾王國了。畢竟在這邊能做的事也差不多沒了。」

基本上除了確保夏娃的安全之外，我會來這裡還有其他理由，就是要促進魔族與人類的和平共處，只是葛蘭茲巴赫帝國似乎有可能向吉歐拉爾王國宣戰。

看來還得再過一陣子才能掌握和平。

要是連人類都得彼此爭鬥，那要怎麼跟魔族談論和平呢。

聽到這句話後，芙蕾雅用力點頭。

「是！我認為這是個好主意。我也正想回吉歐拉爾王國一趟。」

她看起來之所以那麼開心，是因為在這裡很難買到化妝品或是甜點等物品。

雖說只要去一趟布拉尼可就能設法弄到手，但從這裡訂貨到送達得花上太多時間，而且品質也不佳。

一旦實現和平的世界，不如開始做生意好了。

我可以向魔族販賣化妝品以及白砂糖，然後向人類販賣辛香料以及寶石。

只要超前部署，想必就能獲得莫大財富。

「芙蕾雅，妳去告訴克蕾赫說我們或許明天就會離開這裡……儘管我想在這悠哉地待著，但還是得把該做的事情做好才行。」

【砲】之勇者布列特。我不會忘記對那傢伙復仇。

而且我有不祥的預感，要是再繼續對他放任不管，將會發生無可挽回的事情，甚至會讓我失去一切。

所以，我得先回到吉歐拉爾王國，跟艾蓮商量之後再決定今後的動向。

◇

夏娃結束公務之後，我便到她的房間告訴她我明天就離開魔王城。

為了實現魔族與人類的和平，首先得防範人類內部爆發戰爭，或者讓爆發的戰爭立即結束。

「凱亞爾葛，你真的很忙呢。」

「還好啦，要製造一個能讓我與我的女人愉快生活的世界，可是很費工夫的。」

我之所以會做這種事並非基於正義感使然。
只不過是為了擁有一個愉快的世界，讓我與我的女人能幸福生活。
當然，我其實也不用這麼大費周章。只要我隱姓埋名，隱居在某個邊境的鄉下，適當地賺些錢，吃點好吃的，過著每天盡情做愛的生活就好。
只要有【恢復】，錢財自然滾滾而來，甚至不需擔心疾病、受傷以及衰老的問題，可以歡樂自在地享受酒池肉林的生活。
儘管我對那種生活並不反感，但我喜歡上的是無法以那種方式生活的女人。
由於包含那部分在內也是我中意的地方，所以我並不想用【恢復】去說服我的女人去過那種生活。
「你意外地擅長照顧別人，而且還很善解人意呢。」
「還好啦。畢竟一旦喜歡上了，我可是很專情的。」
我就是這種個性。
基本上除了我中意的事物之外，我認為所有事情都沒有價值。相對的，一旦喜歡上了我就會盡全力去呵護。
夏娃貼到我的身上發出了嬌喘。
「你絕對還要再回來喔。我會等你的。」
「嗯，我會回來的。因為我忘不了妳的肉體。」

我傾訴愛意。

好啦，既然好好道別了，接著也該出發了。

◇

夏娃睡著之後，我回到了自己房間。

映入眼簾的，是在床上等待的小狐狸。

至今為止，不論我是否有回房間，她總是會占領床鋪，旁若無人地縮成一團睡覺，但最近卻是每天都會等我回來。

「主人，你好慢的說！今天還沒幫紅蓮按摩的說！」

就算我沒有開口，紅蓮也已經變成少女的模樣把衣服脫光。

然後，用一副充滿期待的眼神望著我。

自從經歷浴室那次的事件之後，我已經幫她按摩過好幾次，如今她已完全上癮。

現在甚至會主動回報我。

所謂的回報，就是因為我讓紅蓮感到舒服，所以她也要讓我享受到舒服的感覺。

所以我教了她各種能讓男性愉悅的按摩技巧。

「嗯，今天我也會幫妳按摩的。過來這邊。」

「主人的按摩很舒服的說。」

我一邊幫她按摩，同時也確認著身體的放鬆程度，差不多是時候了。

「喂，紅蓮。接著要按摩妳身體的內側，這次也會用比手指更長、更加粗壯、更加火燙的物體塞進更深處，幫妳按得舒舒服服的喔。」

我說出口後，因為這種講法太過滑稽害我差點笑了出來。

「好主意的說！主人真是聰明的說！」

紅蓮真是傻得可愛啊。

原本以為我會湧起罪惡感，可是笨到這種程度反而讓我覺得很有意思。

好啦，既然本人都同意了，那就讓她體驗一下更加舒服的按摩吧。

◇

隔天早上，剎那一如往常地來幫我做早上的侍奉，但她看起來不太對勁。

她瞪大雙眼，注視著躺在我旁邊睡覺的紅蓮。

最近她經常以狐耳美少女的模樣睡覺，事到如今應該沒什麼好驚訝才對吧？

「……凱亞爾葛大人，那是什麼？」

「就只是紅蓮睡在旁邊而已啊。」

「你看。」

我依言朝紅蓮那邊看了過去。

結果，發現紅蓮的肚子莫名膨脹。看起來並不像變胖，但是，那種膨脹方式……

奇怪。難道是因為昨天的按摩嗎？

「算了，畢竟她是神獸，這應該不用大驚小怪吧？」

紅蓮一副事不關己的感覺，露出了舒服的睡臉。

我暫時觀察了一下，結果腹部突然凹了下去。

取而代之的是，她腳邊的棉被突然隆起。

她的表情沒有變化，依舊露著一臉傻笑，嘴邊還流著口水。

雖然我也不是很懂，但這種狀況不是會伴隨著非比尋常的疼痛才對嗎？

「凱亞爾葛大人，難道她生了嗎？」

「不知道。」

紅蓮露出了睡不太好的表情。

然後，她搖了搖尾巴。

看樣子，是因為腳邊有某個東西在妨礙她睡眠。

被尾巴彈飛的那個東西從床上掉了下來滾在地上。

如果那是小孩，這可是很糟糕的虐待行為。由於礙事的東西不在，紅蓮的表情又變回了舒服的睡臉。

我凝視滾落在地上的東西。

「是蛋嗎？」

看起來像是比雞蛋還要大上兩倍的蛋，閃耀著莫名的金屬光澤。

雖然看到狐狸產卵讓我著實吃了一驚，但既然是神獸應該也沒什麼不可能，更何況紅蓮本身就是從蛋裡面孵化的。

「如果拿來孵，會生出像紅蓮的生物嗎？」

「我稍微確認一下。」

如果是能看透世間萬物的【翡翠眼】，說不定能知道些什麼。

【神之淚】。

結合神之遺產的神獸與勇者之力所形成。

這塊金屬甚至凌駕於世界最強的金屬奧利哈鋼，可作為【神裝武具】的材料。

「看樣子這不是蛋，而是屬於礦石一類。」

從外觀來看，我可以接受這並不是蛋，而是一塊魔法金屬的事實，不過，我們的【神裝武具】是用這種方式製造的嗎？

「這個，感覺得到一股驚人的力量。凱亞爾葛大人，用這個做武器吧！」

「這可是從那傢伙生出來的金屬喔？」

我指向紅蓮。

「是怎麼出現的無所謂。只要是優秀的武器就好。用冰爪很難打倒堅固的敵人。」

話是這樣說沒錯……算了，沒差。用我的鍊金魔術應該能設法處理吧。

神獸——我原本就認為她是不可思議的生物，沒想到居然會發生如此莫名其妙的事情。

下次幫紅蓮按摩的時候得注意一點了。

不對，就算別去注意也沒關係，反正又沒有什麼不好的影響，況且也有可能產出【神之淚】以外的物品。

反而讓我想進一步嘗試看看了。

……我在想的事情，或許看在一般人的眼裡會覺得很過分。

只不過看著若無其事睡得香甜的紅蓮，這股罪惡感也立刻煙消雲散。

紅蓮就是這種生物。

儘管有些任性卻很可愛，不僅讓我很舒服，還願意給我道具。為了答謝收到這個【神之淚】，今天的伙食就幫紅蓮準備她喜歡吃的軟嫩肉塊吧。

第八話 回復術士造訪沙之鎮

用過午餐之後，我們再度坐上飛龍朝著吉歐拉爾王國出發。

我們從布拉尼可起飛離開之後，已經來到第二天。

目的十分明確，就是粉碎葛蘭茲巴赫帝國與【砲】之勇者布列特的野心。

而且也差不多該去迎接艾蓮了。

「主人，蹭蹭～」

小狐狸刻意地巴結我。她一邊特地說要蹭我，同時用臉頰蹭來蹭去。

真可愛。

自從幫她按摩身體內側之後，她偶爾就會像這樣對我撒嬌。

看樣子，她已經認同我是真正的主人。

「紅蓮，我今天也會幫妳充分按摩的。」

「今天輪到紅蓮了，好期待的說！」

我對女人的愛向來一視同仁。

儘管有一陣子我把重心全部放在紅蓮身上，但現在我會確實編排順序。

先不論每天早上都會來服侍我的剎那，如果老是疼愛紅蓮，芙蕾雅與克蕾赫就太可憐了。

自從那次之後也有幾次疼愛紅蓮的機會，卻沒有再產出任何東西。

我估計第一次之所以會產出【神之淚】，是由於紅蓮之前累積在體內的力量所致。

換句話說，只要當紅蓮體內累積了足夠的能量，依舊有可能產出其他東西。

我就耐心等待吧。

「主人，風景和來的時候不一樣的說。」

「妳注意到了啊。若是要前往吉歐拉爾王國，最短的路徑是通過拉納利塔，但這次我們要經由北方的卡姆拉巴。」

地下情報網傳來聯絡，據說位於卡姆拉巴的情報販子掌握了相當關鍵的情報，而且還說除非親自去一趟，否則他不願給出情報。

既然如此，還是將中繼站設在那邊，先蒐集情報比較妥當。

「紅蓮希望能吃到美味的肉的說！」

「名產會隨著地區改變。或許會有在拉納利塔享用不到的美食。」

第一次造訪的城鎮總是令人雀躍。

卡姆拉巴鎮盛行鍊金術。說不定能在那買到有趣的道具。

而且也需要用來加工【神之淚】的設備。

我原本認為能靠鍊金魔術設法處理，但畢竟是最上乘的魔法金屬，實際上並沒有我想像得那麼順利。

要是沒有專用工坊的話難以加工。如果是那邊應該會有吧。

◇

我們在郊外的湖邊著陸，與龍騎士們先暫時道別。

告訴他們會在明天日出動身之後，我們便前往城鎮。

風十分乾燥。

卡姆拉巴座落於吉歐拉爾王國最北側的位置，靠近葛蘭茲巴赫帝國的國境。

因此氣候與風土都與本國有異，文化也深受貿易往來活躍的葛蘭茲巴赫帝國影響。

……一旦葛蘭茲巴赫帝國決心攻打吉歐拉爾王國，這裡肯定是他們想率先攻陷作為據點的城鎮。

「喉嚨好乾。」

「是因為這裡的強風與乾燥的空氣。反正也到了晚餐時間，就找間店進去吧。」

「我不是很想住這種城鎮呢。感覺對肌膚很不好。」

「我倒是很喜歡。在氣候潮濕的地區訓練反而難有進展，這裡相當適合鍛鍊。」

芙蕾雅與克蕾赫的意見恰好相反。

我隨便找了間看似昂貴的旅社，然後詢問旅社老闆推薦的餐館。
只要挑選價格比行情昂貴，依然有顧客上門的高級店家就準沒錯。
雖然這聽起來是理所當然，但假如價格昂貴還是有客人，自然證明餐點的水準值那個價。
然後，我在前往餐館的路上，順便將鎮上有何種店家記在腦海。
不愧是盛行鍊金術的地方，鎮上有許多工坊。
如果有哪家願意將設備借我一晚就好了……
「啊！那裡有賣化妝品！看到這個，才會感覺自己回到了人類的城鎮呢。」
芙蕾雅踏入販賣女性用品的店家，買下了最暢銷的化妝品，一臉開心地抱著瓶子走了回來。
據說是使用了駱駝奶的乳液，只要擦在身上就有保濕效果，而且還能防止肌膚乾燥。
……老實說，不論她們的皮膚變得多乾，都能用我的【恢復】變回理想的狀態。
正因為這樣，才會連對美容漠不關心的剎那與克蕾赫也依然保持著水嫩柔順的肌膚。
但是，要是我這麼說就太不識趣了。比起化妝本身的效果，芙蕾雅應該更享受使用化妝品的過程。
不需要特地點出剝奪她的樂趣。
「啊！這個感覺很容易讓肌膚吸收。待會兒得再多買一點才行。」
「芙蕾雅，浪費。根本不需要買那種東西。」

「啊，剎那妳這樣講就錯了。雖說妳現在還很年輕，但如果不趁年輕時好好照顧肌膚，等到老的時候可是會後悔的。到時萬一妳肌膚變得滿是皺紋，粗糙乾燥而被凱亞爾葛大人嫌棄，我可不管妳喔～」

「……嗯。那會很困擾。芙蕾雅，也幫剎那抹一些。」

「好啊。剎那的肌膚果然很驚人呢。既有光澤又有彈性，讓人好想一直摸下去。」

芙蕾雅簡直就像個姊姊似的將駱駝乳液塗抹在剎那的肌膚上。

真是令人欣慰的景象。

「謝謝。感覺有點舒服。」

「不客氣。紅蓮也要試試看嗎？」

芙蕾雅轉頭詢問變成狐耳美少女模樣的紅蓮。

自從身體交合之後，她保持少女模樣的時間變得比小狐狸型態的時間更多。

「紅蓮不需要的說！紅蓮可以變成自己想變的模樣的說！」

這個不可思議的生物不需要美容這種概念。

畢竟她的糧食是周圍的人所散發出來的精神以及魔力。就連每天的進食也只是單純的娛樂。

而且，紅蓮甚至能變成我的模樣，可以隨心所欲改變外表。

「有點令人羨慕呢。」

「紅蓮很厲害的說！繼續誇獎的說！」

她依舊這麼容易得意忘形。

我們說著說著，就來到了旅社老闆推薦的酒館。

好啦，這裡能夠享用到什麼樣的美食呢？

◇

我們走進酒館後，隨意點了些當地的美酒以及店家推薦的料理。

他們提供的酒是以駱駝奶釀造。

這還是我第一次品嚐奶酒。

與眾人乾杯後，我將酒飲進嘴裡。

「味道與後勁很嗆呢。儘管嚐起來不差，但我實在不想再來第二杯。」

「剎那很喜歡。因為剎那喜歡喝奶。」

「……對不起。我喝不下。店員，麻煩給我一杯麥酒。」

「真好喝的說！再來一杯。」

意見恰巧分成了兩派。

至於我，覺得倒是普普通通。

雖說味道與牛奶相近，但喝進嘴裡的瞬間，就會聞到駱駝的膻味以及野獸的臭味。而且會有一股莫名的鹹味在口中擴散，最後留下一陣甜味……儘管喝起來確實不錯，但味道實在過於獨特。

算了，是個有趣的經驗。與未知的滋味相遇總是讓人感到開心。

「料理似乎也要端上桌了。不知道會是什麼樣的料理呢？」

根據剛才的駱駝化妝品以及駱駝奶釀造的酒，我大致上能猜想得到。

詢問店員之後，得知他們今天提供的主菜是使用了駱駝肉與鯰魚製成的料理。

兩種都是我從未吃過的食物。

以駱駝肉製成的，是名為貝杜魯的烤箱料裡。

做法是將厚重的駱駝肉劃出切痕，再塞入大蒜，塗上香氣強烈的大量香料，再以慢火長時間烘烤而成。

「這很好吃。」

「有肉的感覺！」

「雖然有點硬但吃起來還不壞的說！再多來一點的說！」

味道與牛肉接近，但肉質稍硬一些。

由於幾乎沒有肥肉，所以缺少了脂肪的甜味與鮮味，相對的可以更直接感受到肉的風味。

我認為這是不錯的調理方法。像這樣以慢火仔細烘烤，就可以將肉汁鎖在肉裡，就算沒有脂肪也不會令肉質變柴。而且駱駝肉本身的膻味強烈，香料達到了很好的效果。

「我比較喜歡魚肉料理。已經好久沒有吃到炸物了，很燙很好吃。」

「原來鯰魚是如此美味的魚啊。」

魚肉料理則是沾上調味過的麵粉後進行油炸的鯰魚。

辛辣又鹹甜的裹粉與樸實無華的鯰魚肉形成很有意思的組合。

不管是駱駝料理還是鯰魚料理都很不錯。

習慣之後，也不會那麼在意駱駝奶酒的味道，重點是和當地的料理相當搭。

然後，當駱駝的窯烤料理，以及炸鯰魚吃完之後，店員就送來了本店的特色料理。

……外觀相當奇特。

看起來不是很好吃。

是白色塊狀物搭配炒蔬菜的料理。

白色塊狀物是駱駝的駝峰。換句話說，是脂肪塊。

那種東西會好吃嗎？

我戰戰兢兢地伸手取用。

「……好吃。」

「真不可思議。明明是脂肪塊卻不會油膩。」

「應該是混進去一起炒的香草讓味道變清爽的吧。但脂肪本身也有不可思議的性質。」

「滿滿的油脂嚐起來很甜，很好吃。」

「紅蓮希望再來一份的說！」

真令人驚訝。原本以為炒脂肪這種東西肯定是黑暗料理，想不到如此美味。口感濃稠又鮮嫩，而且入口即化。

有強烈的甜味，讓人湧起活力。入味的特殊醬汁也讓味道增色不少。

雖說光是這樣還是會過於油膩，但連同香草一起品嚐就會取得絕妙的平衡。

接著我們加點酒類。我、剎那以及紅蓮喝奶酒。芙蕾雅與克蕾赫則點了麥酒，我們配酒將剩下的料理全部吃光。

等吃飽之後，又點了甜點。

點的是塞滿大量杏仁與和核桃下去烘烤的派，出爐後再淋上滿滿的蜂蜜以及帶有玫瑰香味的糖漿。

鬆脆的口感以及吃起來酥脆的堅果讓人欲罷不能。

蜂蜜與玫瑰香味的糖漿也令人食指大動。

這份甜點簡單樸素，卻是非常美味。

女性陣容對這份甜點的評價似乎在我之上。因為在魔王領地沒什麼機會吃到甜點，所以像這種食物自然讓她們特別開心。

「吃得好飽。很滿足。」

「已經吃不下的說。」

剎那搖著白色的狼尾，紅蓮搖著金色的狐狸尾巴，這畫面真是賞心悅目。

希望有一天能將這兩條尾巴擺在床上同時疼愛她們。

好啦，既然已經獲得了充分的休息，也是時候開始工作了。

「芙蕾雅，接下來我要個別行動。麻煩妳幫忙帶大家回旅社。」

「明白了。是比較適合單獨行動的工作嗎？」

「嗯，沒錯。因為這次對方指定我一個人前往，沒辦法帶剎那一起過去。」

大家點頭表示理解。

拉納利塔的情報販子幫忙介紹了住在這個鎮上的情報販子，我接下來要去見他一面。

「凱亞爾葛大人，請你小心。」

「紅蓮會努力看家的說！」

「我會盡力而為。」

結完帳後，我向大家道別，走向人煙稀少的小路。

之所以會來這蒐集情報，是因為我隱約有種預感，現在的我應該能掌握到讓事態有所進展的關鍵。

第九話 回復術士遭到俘虜

在卡姆拉巴的酒館享受了美食，接下來該工作了。

我要去找拉納利塔的情報販子所介紹的另一位情報販子。

既然在離葛蘭茲巴赫帝國最近的這個鎮上擔任情報販子，表示他很有可能掌握了比拉納利塔更加詳細的情報。

我走進位於後街的當鋪，拜託店裡的人幫銀製小刀估價。

這是與情報販子碰面的暗號。接著我便被帶到另一個房間。

在眼前的男人，是與隨處可見的普通大叔相差無幾的男人。

但是仔細觀察，可以發現他的舉止沒有任何破綻。

「你就是凱亞爾葛先生嗎？事情我已經聽說了。」

「是嗎，那就好辦了……沒辦法寫在信上直接傳達的情報是什麼？」

我之所以來到這裡，是因為情報販子說他掌握了必須當面才能傳達的情報。

聽來十分可疑，我也可以選擇無視，但我還是刻意來到了這裡。

「哈哈哈，請別那麼著急。來，先喝杯茶吧。這可是只有在卡姆拉巴才喝得到的茶喔。」

我喫了一口他遞出的茶。

……這傢伙還真敢啊，居然對我下毒。

不過我沒有興師問罪。先等套出情報之後再這麼做。

既然他敢試圖陷害我，那麼我就要反過來加以利用。

這次放進茶裡的，是無味無臭的強力麻痺毒。重點在於效果是麻痺這點。

要是他打算殺我，根本不會用麻痺毒。顯然是打算讓我失去反抗能力後再抓住我。

……這種東西對擁有【藥物抗性】的我根本不管用，但我還是用魔術分析體內的成分。

這是一種遲效性的麻痺毒，最快要五分鐘後才能發揮效果。

我一邊推測這種毒對一般人的效果以及效果時間，同時繼續跟他對話。

「這茶真是好喝。」

「是的，只有面對特別的顧客時才會提供這種特別的茶。」

特別的茶啊，說得真是貼切。

「雖說特別的茶也不錯，但我想要的是特別的情報。」

究竟是誰打算抓住我，他的意圖又是什麼？

【癒】之勇者是拯救了吉歐拉爾王國的英雄。他應該不會認為對那種人出手，自己還有辦法全身而退。

而且，這件事的主謀肯定不是【砲】之勇者布列特。

因為那個男人不可能會用對我下毒的這種愚蠢手段。

毒素對我無效這種事，布列特肯定早就一清二楚。

「這個嘛，其實是有關葛蘭茲巴赫帝國，那裡除了【砲】之勇者以外，還另外拉攏了兩名勇者。」

「那確實很驚人。除了吉歐拉爾王國的勇者與【砲】之勇者以外還剩下三名勇者，他們已經拉攏了其中兩人了嗎？」

有三名勇者因為挑戰吉歐拉爾王而死。

然後，【癒】、【術】以及【劍】三名勇者隸屬吉歐拉爾王國。

除了【砲】之勇者以外只剩下三名勇者，而那三個人應該還沒被找到才對。

世上只會同時出現十名勇者，而且除了【術】之勇者之外，沒人能找到其他勇者。

換句話說，要掌握所有勇者的身分反而更為罕見。

不過倒是還有一種可能，就是有新的勇者取代已經死去的勇者出現在這個世上。

「據說這件事大大地增強了葛蘭茲巴赫帝國的信心。」

「這樣會增強他們的信心？吉歐拉爾王國也有三名勇者。何況吉歐拉爾王國的勇者更強啊。」

沒錯，儘管人數相同，但我們經歷過無數激戰，目前的等級、經驗以及技術都遠遠超越了一般常識。

若是平凡的勇者，哪怕一次面對好幾個人，我也能一個人將對手全滅。

「嗯，正因如此，葛蘭茲巴赫帝國才會用盡千方百計，試圖消滅吉歐拉爾王國的勇者。」

……如果葛蘭茲巴赫帝國的貴族或是將校就是幕後黑手，那可是最無趣的回答。

好啦，差不多該假裝麻痺毒生效了。

我當場倒下。裝出我想移動身體卻動不了的反應。

在下一瞬間，一群黑衣男子踹破牆壁闖了進來。

「怎麼可以大意呢。茶裡面加了特製的麻痺毒。想必你現在連根指頭都動不了，也沒辦法發出聲音了吧。要是無法出聲，就連勇者強力的【恢復】也用不出來。哈哈哈，想不到救國的英雄居然這麼輕易被逮住，看來，你終究只是個強了點的小鬼啊。」

情報販子放聲大笑，闖入的男子們用手銬銬住我，這是用來打亂魔力控制的魔礦石所做的手銬。

原本是為了捉捕能使用魔術的罪犯，石頭能擾亂術者聚集魔力，並妨礙構築術式，這樣一來就無法使用魔術。

……我有點傷心。

居然以為只是封鎖我的喉嚨，銬上這種玩具就能讓我無法使用魔術啊。

我好歹也有不發出聲音也能釋放魔術的招式，手銬雖然有妨礙魔術的功能，但終究只是妨礙。超一流的魔術士就算被銬上這種東西依舊能使用魔術。

當然我也是如此。再怎麼說也實在太瞧不起我了。
他們將我全身捆綁，然後就這樣帶到了其他地方。
好啦，讓我來看看究竟是誰命令你們做出這種事。
如果是無趣的對象，我就立刻收拾他。

◇

我被矇住眼睛，然後被扔到了馬車上。
此時我已發動【翡翠眼】。
【翡翠眼】擁有簡單的透視能力，連馬車外面也能一覽無遺。我用這隻眼睛清楚地記住了回去的路。
馬車似乎是往葛蘭茲巴赫帝國的方向移動。
或許是因為這台馬車本身有經過魔力強化，現在正以一般馬車望塵莫及的速度奔馳。
……說實話我不是很想出遠門，因為回去會很麻煩。
後來，他們直接將我帶到葛蘭茲巴赫帝國的基地。
看樣子正如我所料，這次行動是軍方的命令。
綁架我只是單純的軍事行動。因為【癒】之勇者是個阻礙，所以想消滅我。

再不然就是想透過拷問來打聽情報，搞不好會用洗腦將我納為他們的棋子。
感覺沒辦法得到什麼情報，乾脆現在就逃出馬車溜回去？
不，都專程來到這了。而且搞不好會出現葛蘭茲巴赫帝國的高層。
在獲得葛蘭茲巴赫帝國的情報之前，我就稍微奉陪一下這場鬧劇吧。

◇

守護葛蘭茲巴赫帝國國境的基地規模巨大且十分堅牢，可謂名副其實。
似乎還有將近千名士兵常駐此地。
我被帶進位於內部的建築物，而且還是設有鐵柵欄的地下房間。
這次他們對我施打了神經毒素，和剛才的麻痺毒是不同種類。
之所以變更毒藥的種類，想必是為了讓我的脖子以上有辦法動作吧。
不然根本沒辦法從我身上獲得任何情報。
新的毒藥非常強力，連我也多少受到了一些影響。
身體變得有些疲憊，若是不靠魔術也得花上一分鐘才能解毒。
而且，用來妨礙魔術發動的手銬又追加了兩組。
我的衣服被剝下，對方以堅固的鎖鏈把我綁在椅子上。徹底限制了我的行動。

我在這種狀態下等了大約十分鐘後，才出現了一名帶著四名部下的將校。

「【癒】之勇者凱亞爾。我是葛蘭茲巴赫帝國陸軍少校卡爾・拉提爾。我就開門見山問了。你為什麼前往魔族領域？吉歐拉爾王國與魔王聯手打算做什麼？」

想不到他會提出這種問題。

葛蘭茲巴赫帝國比我想像中更了解吉歐拉爾王國的動向。

當他說出「與魔王聯手」這段字句的時候，可以明顯感覺到他個人對魔族的厭惡。

……說不定【砲】之勇者布列特就是透過這一點唆使葛蘭茲巴赫帝國。

好，就順著這個話題來虛張聲勢吧。

「現任魔王對人類十分友好，因此我們已締結同盟。萬一人類攻入魔族領域，吉歐拉爾王國會出面阻止。相對的，若是吉歐拉爾王國遭到侵略，魔王軍也會前來救援。我們就是這樣的同盟關係。而透過這個同盟，可以為人類與魔族之間的戰鬥劃下句點。」

陸軍少校立刻一臉鐵青，看了真是有意思。

聽到接下來要宣戰的國家與魔王軍締結同盟，會有這種反應也很正常。

他應該也深深地了解魔族與魔物的恐怖才對。

「……如果那是真的，那簡直不可饒恕！人類怎麼可以和魔王聯手！」

「嗯，是真的。我們已經順利締結同盟。不過希望你別誤會，吉歐拉爾王國並沒有出賣人類。恰好相反，雙方是為了不讓魔族與人類流下更多鮮血才會結盟。畢竟再繼續你爭我奪也沒有任何好處。所以我們要代表人類，斬斷鮮血與怨恨的連鎖。」

「說那什麼漂亮話！更何況你根本在說謊！魔王沒有理由與吉歐拉爾王國結盟。」

「當然是有理由的。締結同盟的條件，就是由吉歐拉爾王國的三勇者助現任魔王一臂之力，打倒前任魔王。原本我們就這麼約好了。」

真虧我能掰出如此合乎邏輯的謊言。

裡面也穿插了許多真話……應該說，這個同盟本身確實是為了完成這件事而策劃的。

要是相信這個同盟的存在，葛蘭茲巴赫帝國說不定會猶豫是否要對吉歐拉爾王國宣戰。

雖說實力因內亂而有所損耗，但吉歐拉爾王國依舊是強國，況且連魔王軍都會派出增援協助，正常來說根本毫無勝算。

「……少校大人，如果他所言屬實，這次的戰爭肯定會吃下敗仗。我有個建議。假設【癒】之勇者一夥是特使，只要不讓這群人返回吉歐拉爾王國，自然能阻止這個同盟成立。從狀況來研判，他們應該尚未在正式場合簽署合約。」

「沒錯，雷文。從【癒】之勇者身上打聽出情報後就將他處刑。然後，將他待在卡姆拉巴的伙伴全都殺光……為了這個目的，得先讓他招出同伴的下落才行呢！」

他以鐵製的警棒狠狠地毆打了我的臉。

一而三，再而三的。

「好啦，快說！給我大聲叫出來！這房間是特製的！不管你叫得再大聲，喊得再痛苦，也不會有任何人聽見你的聲音！」

由於狀態值的差距其實並不怎麼痛，但還是會令人感到不快，而且還說要對我的女人出手……饒不了他呢。這要大大地加算在復仇點數上。

「如何，想招出你同伴的下落了嗎！要是你快點招出來，我就給你個痛快。」

「……搞什麼？你這算是拷問嗎？」

「我馬上就讓你沒辦法胡言亂語！」

看來我剛才的態度讓他相當不爽啊。

他使勁地拉了我的右手並攤在桌上，接著拔出小刀瞄準我的小指指根。

然而，小刀卻彈飛出去。

小刀的刀尖斷裂。

因為我將氣集中在手指使其硬化。以我現在的狀態值，只要積蓄力量集中氣力，甚至可以用皮膚擋住刀具。

卡爾少校按住手腕。看起來很痛。

「你這傢伙啊啊啊，竟敢這麼做——！拿藥來。就算把他變成廢人也沒關係。把強力的藥拿過來！」

部下將裝有紫色液體的瓶子拿了過來。

然後，三個人壓住我的身體，硬是將那罐毒藥灌進我的嘴巴。

……這次的藥對我也無效。沒有任何意義。

但是，我現在感到非常不快。

這樣的場景，會讓我想起討厭的回憶。

過去的心靈創傷，最糟糕的每一天。

淪落為一條悲慘的狗，持續遭到利用的地獄。

讓我感到不快的這筆帳，要繼續加算在復仇點數。

卡爾少校的復仇點數已經超過了既定值。

這群男人的未來已經確定了。他們將會死得悽慘、痛苦，而且是在自尊被我狠狠踐踏，遭到利用之後而死。

「如何？這可是我珍藏的毒藥。這樣一來你就會老實了吧。來，招出你同伴的下落。」

話說到這裡，卡爾少校沒能繼續說下去。

將我束縛在椅子上的鎖鏈猶如蟒蛇那般扭動起來，纏住了四名部下的脖子並緊緊勒住。

他們喉嚨被緊勒，一臉鐵青，身體浮到空中，沒過多久便失去意識。

纏在我手臂上用來妨礙魔術發動的手銬，也接二連三地應聲碎裂。

當我從椅子上起身，反而是卡爾少校往後退，一屁股跌坐在地上。

那傢伙打算慘叫的瞬間，我便以貫手挖開了他的喉嚨，只發出了不成聲的愚蠢聲音。

話說回來，這房間好像有隔音設備對吧？雖然這麼做很多餘，不過沒關係。

「我也差不多膩了。你的拷問和審問技巧都爛到了極點。所以，溫柔的我要教導你何謂正確的拷問與審問。沒什麼，不用擔心。不會死的啦。」

我不會讓他這麼輕鬆死去。

雖說只要用【恢復】就能立刻吸出情報，但我刻意用原始的方法。

這是復仇。

我要苦心設計、發揮創意，一邊享樂一邊獲得葛蘭茲巴赫帝國的情報。

之後，再將他徹底洗腦，培養成從內側破壞葛蘭茲巴赫帝國的炸彈。

對於這種打從骨子裡的軍人類型來說，這是最令他不快的做法。

我模仿剛才這傢伙試圖對我做的舉動砍飛他的小指，然後他便以潰爛的喉嚨發出了猶如殺豬般的慘叫。

「你剛才這麼說過吧。『好啦，快說！給我大聲叫出來！這房間是特製的！不管你叫得再大聲，喊得再痛苦，也不會有任何人聽見你的聲音！』。真是感謝你，看來我可以慢慢享受了。」

不愧是軍人，竟然還狂妄地瞪視著我。不過，你還能撐多久呢？

真正的拷問與審問。

我要用從專業人士身上學到的技巧，好好教教你的身體。

第十話 回復術士做出了斷

不管叫得再大聲，喊得再痛苦，也不會有任何人聽見你的聲音。這房間是特製的。

看來少校所說的這番話確實屬實。

為了能聽見他的慘叫，我特地治好了他的喉嚨。

儘管這個男人叫得聲嘶力竭，但持續了好一陣子也始終沒有任何人趕來。

至於他的部下，因為我嫌礙事，他們一清醒後就殺掉了。

「卡爾少校大人，這才是拷問、審問。你用身體記住了吧？」

失禁的卡爾淚流滿面地倒在地上，我朝他踹了一腳。

「咿！咿——饒了我，請你原諒我，對不起，對不起。」

看樣子他已經毫無抵抗的念頭，從剛才開始就只是在拚命求饒。

只是跟他玩了兩個小時而已，就變成了這副德性。

用這種古典的手段來蒐集情報雖然既費時又費功，但相當有意思。

「既然你已經像這樣親身體驗過被疼愛的感覺，想必下次一定能夠活用吧。不過，前提是還有下次的話。」

「咿！」

我一把抓起卡爾的頭髮將頭抬起。

然後，我注視著他的眼睛並提高魔力。

這並非是為了用【恢復】獲得情報。

我已經用審問讓他把必要的情報全都招了。

只是從他身上套出情報也未免太無趣了。

我用魔術的目的是為了利用這個男人。

……使用藥物與洗腦魔術，對他鼓吹謊言，讓他深信那才是真相。

「聽好了，卡爾少校大人。你雖然抓住了【癒】之勇者，然而卻因為一時疏忽而讓他逃走了。但是，你已經藉由審問掌握了重要的情報。那就是……」

所謂的情報，可以成為治病良藥，也能成為致命毒藥。

而我鼓吹的就是最強的猛毒。

要是洗腦過於徹底，他將會猶如人偶那般毫無感情，這樣反而會讓周圍的人察覺異狀。

然而，若是像這樣讓他對謊言深信不疑，看起來就不會有不自然的地方。

這個男人下次醒來的時候，想必會以為自己獲得了重要情報，滿心歡喜地對上頭報告。

「這樣工作就結束啦。」

好啦，也該回去了。
要是太晚回去會讓大家擔心的。
不對，還有一個必須要收拾的傢伙。而且如果時間允許，我想先把一件事處理好。

◇

時間來到深夜，我總算返回卡姆拉巴。
由於在逃跑時遇上了許多麻煩，因此回來得比預期更晚。
明天就按照預定提早出發吧。
不然的話，將會有大軍湧入卡姆拉巴。
為了完成私事，我前往那名情報販子的所在處。
必須要教訓他才行。
出賣我的情報是不要緊，畢竟情報販子就是以此為生。
我是在明白這點的情況下才與他打上交道。
如果會對自己的情報遭到出賣而反感，根本就不該結識情報販子。
不過，對顧客設下陷阱，甚至還加以出賣這點就讓人無法苟同。出售情報以外的東西可是違反契約的。

所以，我非得制裁他不可。

再加上我遭到軍隊那群人捉住的時候，那傢伙說的話還挺有意思的。

「怎麼可以大意呢。茶裡面加了特製的麻痺毒。想必你現在連根指頭都動不了，也沒辦法發出聲音了吧。要是無法出聲，就連勇者強力的【恢復】也用不出來。哈哈哈，想不到救國的英雄居然這麼輕易被逮住，看來，你終究只是個強了點的小鬼啊。」

聽起來實在讓人惱火。

而且我這人可是很會記仇的。

就讓他見識看看只是個強了點的小鬼究竟能做到什麼。

以牙還牙。那就是我的規矩。

◇

我遮住長相走進店裡。

儘管站在櫃檯的男子打算叫住我，但連一句話都還沒說出口便昏了過去。

因為我對他擲了一支抹上安眠藥的暗器飛針。

我直接往當舖深處的情報販子那走去。

「哎呀，真奇怪啊。我已經向櫃檯說過別讓客人進來了才對。抱歉啊，今天打烊了。麻煩你明天再來吧。」

正在收拾的男人連看都不看我一眼，自顧自地這樣說道。

「不，我不是客人。會來這裡是為了把之前欠的東西還給你。」

情報販子聽見這番話後便戰戰兢兢地回頭，迅速扔出了一把小刀。

我把小刀擊落，當然，連他趁我把注意力放在小刀時偷偷擲出的飛針也是。

情報販子遭人怨恨是家常便飯，而且有時也會遇上想免費索取情報的無賴。

要幹這行必須要有一定程度的自衛能力，所以我早就料到這男人也能打。

當我拉近距離後，他這次按下了某個開關。緊接著腳下的地板突然打開變成一道陷阱，不過我並沒有蠢到會中如此簡單的機關。

我在地板稍稍搖動的瞬間就已往前跳去。

然後，我以單手抓住那傢伙的頭，就這樣砸向牆壁。

情報販子的後腦杓噴出了源源不絕的鮮血。

「喂，情報販子。幹你們這行的，出售情報以外的東西可是違反道義吧？我可是特地配合你的規矩以客人身分來的，這麼做是不是太過分啦？」

如果只是要取得情報，用【恢復】就綽綽有餘。

但是，正因為我把他視為對等的交易對象，才會遵照對方的規則，支付了等價的金錢。

然而，這個男人卻辜負了我的誠意。

「咿……咿！對不起，我在反省了！請原諒我，都怪我被金錢蒙蔽了雙眼……」

情報販子一邊賠罪，同時以裝有隱藏式小刀的鞋子瞄準我的腹部往上一踢。

還在死纏爛打啊。

但是，這種卑鄙無恥的傢伙會做什麼反而好懂。

我閃開他的踢擊，折斷隱藏式小刀，反刺向他的大腿。

「呀啊啊啊啊啊啊啊啊啊啊啊啊啊啊啊啊啊啊啊！」

那傢伙發出慘叫。

上頭似乎塗有麻痺毒，他全身開始不停地抽搐。

剛才的暗器也是，這傢伙與其說是情報販子反而更像個刺客。

「這是一個有在反省，向對方求饒的人會做的事嗎？」

「我……我只是……一時衝動。我會給你情報，會給你情報的，我手上還有珍藏的重要情報。」

「說說看。」

情報販子開始滔滔不絕地吐出情報。

裡面確實有我想要的。

其中最有用的情報，就是葛蘭茲巴赫帝國預定在兩個月後發動戰爭。

再加上葛蘭茲巴赫帝國已經得到來自兩個國家的支援。

還有開戰的藉口。

就是吉歐拉爾王犯下的暴行……以及吉歐拉爾王國與魔王聯手，成為他的爪牙一事。

我剛才在被綁去的地方說要與魔王締結同盟之後，卡爾感到非常震驚。從這點來看，他們還不知道同盟這件事，只是根據間接證據打算將行為正當化嗎？

若是他們打算透過這些理由讓其他國家站在自己這邊，我就能反咬一口。

我也從卡爾身上打聽出了這件事以外的情報，如果從其他幾條管道獲得的情報也是相同內容，可信度自然會增加。

「我……我說了，我把你想知道的事情全都說了！」

「你漏掉了最重要的一個，就是【砲】之勇者的消息。」

「關於這點我也不太清楚。但是，我聽說他加入了葛蘭茲巴赫帝國的諜報部隊幫忙栽培新兵。在那裡面，還有從黑市買來的年輕男妓。」

在諜報部隊栽培新兵啊。

……他應該是要用得意的洗腦技倆，塑造出愛人兼道具的少年吧。

很像那傢伙會幹的好事。

「我很溫柔。如果按照慣例，接下來應該要讓你持續感受到猶如地獄般的痛苦，但我不會那麼做。」

「你願意原諒我嗎？」

「嗯，我會讓你毫無痛苦地死去。幸好你身上有我想要的情報呢……【改惡(Heal)】。」
因為他最後給了我想要的情報，所以才有辦法減刑。
我藉由【改惡】堵住了他重要的動脈。
只要這麼做，血的流動就會停滯，接著他便一臉鐵青地死去。
順便也讀取他的記憶吧。
雖說是我的直覺，但我認為這傢伙還隱藏著情報。
「……不愧是情報販子，竟然把最重要的祕密藏起來了。」
處於這種險境竟然還為了下次交易而隱藏著底牌，實在令人佩服。
要是他沒有出賣我，或許會成為不錯的伙伴。
好啦，既然事情告一段落，也該回旅社了。

◇

情報販子的記憶之中，塞滿了鎮上各式各樣的情報。
在那裡面，也包含了能用來鍛造的工坊所在位置。
要加工紅蓮產下的【神之淚】，即使是我也需要專用的設備。
強大的金屬原本就加工不易。更何況是魔法金屬，難度自然是不在話下。

店長雖然對深夜來訪的客人面有難色，但是當我提出比行情高出三倍的價格後，他立刻笑臉迎人，並告訴我可以用到早上。

於是我恭敬不如從命。

「這是為了剎那而做的武器。必須鼓起幹勁製作才行。」

剎那是我聽話的寵物。

是最為我盡心盡力，惹人憐愛的傢伙。

我想製作讓那孩子能開心的道具。

因此我要全神貫注，與神之金屬格鬥。

◇

當我完成這件武器的時候，太陽已高掛天空。

比想像中花了更多時間。

畢竟是用在【神裝武具】的金屬，要加工它確實很費工夫。要是沒有我目前這種等級的魔力量，要加工根本是天方夜譚。神之金屬果然不是浪得虛名。

但是，我可以自豪地說，這件武器確實有花費這麼多時間製作的價值。

當我回到旅社，剎那便出來迎接我。

「歡迎回來，凱亞爾葛大人。」
「難道妳為了等我還沒睡嗎？」
「嗯。迎接凱亞爾葛大人是剎那的工作。」
真是可愛的傢伙。
「謝謝妳。這是伴手禮。」
我遞給她散發著藍色光芒的鋼鐵爪子。
剎那總是以冰爪戰鬥，所以我打造成不會影響她戰鬥風格的形狀。
「這個，是剎那的……」
「沒錯。這是為了剎那而做的武器。」
要擁有【神裝武具】那般的性能實在不太可能，但是和除此之外的武器相較之下，性能可不是在同一個檔次。
構造單純、輕巧、堅固、銳利，而且容易灌注魔力。
沒有多餘的花俏機關，是專注在實用性的武器。
「好開心。剎那會把這個當作寶物。」
從我手上收下鋼爪的剎那十分寶貝地撫摸著爪子，然後她迫不及待地裝上。
非常適合。
想必她今後會有更活躍的表現。

「凱亞爾葛大人，剎那想立刻報恩，請讓剎那服侍你。」

「嗯，拜託了……或許是因為看見鮮血，我現在很亢奮。讓我將這股激昂的情緒宣洩在妳身上吧。」

「嗯，剎那會全部接受。」

剎那取下爪子，脫下衣服，露出了她美麗的身軀。

不僅是強度，剎那連身體都有所成長。

焦躁難耐的我甚至沒有褪去衣物，而是直接撲倒剎那享受相愛的滋味。

第十一話 回復術士遭到埋伏

透過拉納利塔的情報販子介紹，我繞去卡姆拉巴一趟後得到了超乎預期的收穫。

儘管被情報販子出賣這點令我非常不快，但由於遭到綁架，讓我順利得知了意想不到的情報，而且也放出了假消息。

額外的收穫就是順利加工了【神之淚】，幫剎那做好了專屬武器。

「剎那，妳似乎很中意啊。」

「嗯。凱亞爾葛大人幫剎那做了最棒的武器，剎那會一輩子愛惜。」

她溫柔地撫摸著用布包起來的鋼爪。

剎那收到後便一直都是這個調調。

既然她這麼開心，那我的努力也沒有白費了。

找個機會讓她試試這個武器吧。

「主人，紅蓮也希望你幫忙打造一把武器的說！」

毛茸茸的小狐狸從我的背上跳了下來，然後變回少女型態開始撒嬌。

我差點露出苦笑。

……剎那那把鋼爪的材料是從哪裡來的，紅蓮並不知情。

她若是知道材料是如何調度之後還會想要嗎？我有些好奇。

「呃，總之呢。要製作那種級別的武器需要特別的材料，我也不知下次何時能弄到手。要是有弄到手再做一把給妳。」

「約好了說！好期待的說！」

那麼，我得和紅蓮不斷享受魚水之歡……啊不，是得幫她按摩身體內側。

想必到時又會莫名其妙產出來吧。

「主人，聽好了說。紅蓮想要的武器，是可以轟隆～的，然後可以哇～的灌注力量，啾～地釋放出來的那種的說！」

「拜託妳講人話好嗎？」

紅蓮憤情緒高昂地形容自己想要的武器。

看樣子她要的並非是劍與長槍那種近戰武器，而是【砲】。

以【神之淚】的性質，應該能做出能灌注魔力，壓縮之後進而增幅再擊發的武器。

那種武器確實會更適合紅蓮使用。

她的運動神經雖然優秀，但並非學過劍術與體術。所以讓她發揮機動性進行砲擊會更加合適。

雖然看起來這樣，但紅蓮的腦袋很好，會確實地分析自己的能力。

我一邊適當回應紅蓮，同時也設法翻譯她的語言摸索出武器的完成型。

等有空時再來設計吧。

我是會遵守約定的男人。

「龍騎士他們一直都沒有出現呢。」

當我和紅蓮鬧著玩的時候，芙蕾雅低喃了一句。

我望向懷錶。

確實很慢。

「差不多到了約好的時間才對啊……」

現在，我們位於卡姆拉巴郊外的沙漠。

原本是要在人煙稀少的這裡與他們會合，前往吉歐拉爾王國。

龍騎士向來明明非常守時，今天卻還沒出現。

我有不好的預感。

而且，想必不會只是預感而已。

此時一陣強風吹來，剎那開始抽動鼻子。

「……凱亞爾葛大人，剛才那陣強風夾帶著鮮血的味道。從距離很遠的地方，傳來了剎那熟悉的血味。」

看到剎那一臉嚴肅，自然不需要問她鮮血的氣味來自誰的身上。

「剎那，帶我們到發出氣味的源頭。」

「嗯。交給剎那。」

沒錯，鮮血的源頭是載我們過來的飛龍，或者是龍騎士流下的。

不能夠失去他們。雖然喪失交痛工具是個打擊，但我受了他們不少關照，彼此也聊過了幾次。

我把他們視為朋友，而且我也很喜歡飛龍。

拜託要平安無事啊。

我一邊祈禱，一邊朝著他們的所在處奔去。

◇

在剎那的帶領下，我們衝到了發出鮮血氣味的源頭。

出現在眼前的是……

「真是殘忍。竟然如此痛下殺手。」

「為什麼……要做到這種地步。太過分了！」

是七零八落的屍體。

龍騎士被砍得四分五裂，飛龍則是被魔術燒傷，渾身遭到無數弓箭射穿。

我們失去了朋友與交通工具。

儘管失落感湧上心頭，但沒有時間感到悲傷。

「這下糟了。」

眼前存在著幾個問題。

首先，這裡有足以殺死飛龍與龍騎士的敵人。

龍族很強。雖說飛龍偏重於速度與運輸能力，依舊是擁有強大力量的龍族。以半吊子的本事不可能殺死牠們。

對方實力接近勇者級別。

更何況龍騎士可以把飛龍的力量發揮到極限，卻依舊落得如此下場。

絕對是不容輕視的對手。

第二，敵人不可能會毫無理由地將足以殺死龍族的戰力配置在卡姆拉巴附近。肯定是為了某種目的而安排的。雖說與第三個理由有所關聯，但我認為敵人的目標是我們，而且他算準了我們會繞到卡姆拉巴。

與其說是算準，正確來說是被誘導來這裡的。

我會去拜訪卡姆拉巴的情報販子，都是這個人設計好的。我們會來卡姆拉巴，是因為拉納利塔的情報販子如此建議。而在這次事件背後牽線的某人，利用了拉納利塔的情報販子誘導我過來這邊。

……我在蒐集情報的事想必已經被發現了，而且也有可能知道我故意散播了假情報。

然後，第三個問題是飛龍與龍騎士的屍體被丟棄在這。簡直就像是要引導我們把這個找出來。

會做這種事的理由只有一個。

這是圈套……用意是為了引我們上鉤。

「我收到你的訊息了，布列特。」

就在下一瞬間。

藏身在沙色長布底下混進周圍的沙漠之中的刺客們一同扯下長布現身。然後包圍我們擺出了圓陣。

對氣息敏銳的剎那也直到剛剛才發現，這點十分反常。

隱藏氣息的方法是超一流，將自己藏在血泊中。代表他們警戒著剎那的鼻子。

所以才會像那樣以飛龍的血消除自身的味道。

而且，距離也控制得恰到好處。

他們正好藏身在我的【氣息察知】的範圍外，而且也是我與克蕾赫無法在踏出一步之後便能攻擊到的位置。

手上拿著的，是最近才開始普及的槍。

這群刺客不發一語，同時開槍向我們掃射，沒有確認子彈擊中目標便迅速散開撤退。

這個距離，這個時機，超越音速的子彈。

根本沒有餘裕做出任何對策。

我只能勉強按倒待在附近的剎那與紅蓮，保護她們不被命中要害。

身為【劍聖】的克蕾赫則以驚人的反射速度保護芙蕾雅。這樣就能安心了。畢竟芙蕾雅若被擊中要害也很有可能當場死亡。

我受到三次沉重的衝擊。

鉛彈擊穿身體的不快感。

我當場吐血。

「竟然能貫穿我的肌肉，威力相當驚人啊。」

武器本身的攻擊力也非常了得，但射手的狀態值也提升到非比尋常的境界。

……這種槍並用了魔力，而且還經過改造，能灌注遠遠超越常識的魔力。由於混合了火力與魔力，能發揮出現存的其他兵器所無法企及的威力。

不，不僅如此。其中還藏有某種機關。否則不可能傷到等級超過200的我。

保護芙蕾雅的克蕾赫也受到了不小的傷。

「凱亞爾葛大人！竟敢傷害凱亞爾葛大人……殺了那群傢伙！」

「別追。肯定是陷阱。克蕾赫，過來這邊。我幫妳療傷。」

「麻煩了，我也很久沒有受到如此嚴重的傷了。」

我一邊取出射進自己體內的鉛彈，同時制止剎那。

要是一時衝動獨自殺入敵陣，甚至有可能因此喪命。

他們逃跑的方式也很可疑。

不，搞不好是故意讓我以為可疑，趁我猶豫時順利逃走。

但不管怎麼樣，我都不能讓剎那單槍匹馬追過去。

我對克蕾赫以同樣方式徒手挖出鉛彈，然後對自己和克蕾赫使用【恢復】。

「本領依舊如此高超。我完全恢復了。對不起，竟然露出那樣的醜態。」

「不，能在那種狀況下保護芙蕾雅已經做得很好了。」

如果只有我和克蕾赫，應該能毫髮無傷地避開這次攻擊。但處在那種狀況下，確實只能選擇犧牲自己來保護伙伴。

而且，對方早已料到我們兩人會因為保護其他伙伴而負傷，無法讓剩下的成員在這種情況下展開追擊。

一切環節都在敵人的計畫之中。

這是充分理解我們的陣容後才有辦法設計的完美陷阱。

「完全被對方擺了一道。這麼輕易就掉入對方的陷阱，反而讓我想笑啊。」

這種做法毫無疑問是【砲】之勇者布列特。

我的預感肯定會成真。

除了那傢伙以外，沒有人能夠做到這種程度。

……仔細一想，來到卡姆拉巴的當下我就輸了。

若要從卡姆拉巴前往吉歐拉爾王國，勢必得經過大沙漠。

原本的我們能靠飛龍輕鬆通過，然而現在卻失去了牠們。

就算以我們的腳程，依舊得花費時間才能穿越沙漠。

那傢伙雖然試圖殺死我們，但他不認為有辦法做到。頂多是覺得要是能殺死我們算是撿到的。

他真正的目的是拖住我們的行動。

不管再怎麼計算，要穿越沙漠抵達吉歐拉爾王國都需要十天時間。

他如此煞費苦心地設法拖住我們，是為了什麼？

答案很明顯。是為了趁我們不在的時候攻陷吉歐拉爾王國。

「實在是好笑到……讓我都湧起殺意了呢。我就承認吧。第一回合是你贏了……但是，我會在第二回合連本帶利討回來。」

我順著一股衝動將小刀投擲出去。

緊接著聽見一名襲擊者被小刀刺中額頭發出的慘叫，他佯裝逃走，其實是隱藏氣息在監視著我們。

消除氣息的方法很完美。在【氣息察知】的範圍外，而且用血消除了氣味。我並非是因為看穿那傢伙躲在那才扔出小刀。

是因為我知道布列特會把一個人安排在那個位置。

所以我才扔出小刀。

爾虞我詐，要是在鬥智的賽場上正面對決，我並不是布列特的對手。彼此的經驗值有如天壤之別。

但是，我至少了解那傢伙的手法。並非是因為我用【恢復】奪取過那傢伙的經驗以及知識。

雖然很令人生氣，但那傢伙畢竟也是我的老師。

第十二話 回復術士抄捷徑

我們的交通工具飛龍與龍騎士遭到殺害，偏偏還被困在四周盡是沙漠的城鎮。

現在仔細想想，早在聽說情報販子在卡姆拉巴時，我就該預料到這種風險，卻因為實力變得太強讓我的危機感鬆懈了。

……實力過強而導致這次的輕敵。

假如對手不是布列特，肯定不會有任何問題。

但是，那傢伙看穿了我內心的傲慢，並利用了這點。實在是個難纏的強敵。

「凱亞爾葛大人，接下來該怎麼辦？」

「我們要以最短路徑趕回吉歐拉爾王國……既然他用這種方法阻止我們，肯定已經做好充足的準備，一旦我們不在就有辦法攻陷吉歐拉爾王國。」

我一邊回答剎那的提問，一邊整理腦中的思緒。

如果是揣測彼此戰略的正統對決，我肯定贏不了那傢伙。所以我要臨摹布列特的思考看出他的目的。畢竟我在第一輪的世界和他相處了好幾年，而且又用【恢復】得到了他的記憶與知識，所以我一定能辦到。

於是，我判斷他最有可能採取的作戰就是剛才提到的，趁著拖住我們行動的時候攻陷吉歐拉爾王國。

所以那個情報販子和卡爾說葛蘭茲巴赫帝國會在兩個月後才進攻，應該可以認為是那傢伙散播的假情報。

「就算猜到了也無計可施。根本趕不上」。

要怎麼樣才能以最短路經穿越沙漠？

儘管我們的腳程很快，但在沙漠行走時會陷入沙子裡面，行動速度會明顯下滑。

就算以強大腳力踢向大地也只是徒勞無功，只會讓腳埋進沙子裡面。

這種時候要是有擔任軍師的艾蓮在身邊就好了。

如果是她，想必能立刻提出打破僵局的妙計。

「我有個提案。穿越沙漠的路線等同於自殺行為……那麼，就算得冒著風險，我們也應該要走另外一條路吧？」

「我也正好有同樣的想法。雖說這條路線會通過敵國，而且還得繞上一段遠路，但還是比直接穿越沙漠更快。」

將我綁走的那群傢伙的基地，只要朝那個方向前進再通過一個城鎮持續往東走。

這樣一來，就可以在不穿越沙漠的情況下前往吉歐拉爾王國。

要是戰爭爆發，想必葛蘭茲巴赫帝國也會使用那條路線進軍。

問題是這樣一來我們就必須穿越國境，進入葛蘭茲巴赫帝國。

只要事先通緝我們，一旦穿越國境肯定會隨時遭到攻擊。

……最麻煩的是布列特肯定已猜到我們會選那條路線，事先設下了陷阱。

剛才狙擊我們的那群傢伙之所以會那麼快就撤退，想必也是因為這點。

「決定了。我們要穿越沙漠。」

聽到我這句話後，所有人詫異不已。

畢竟走這條路絕對沒辦法及時解救吉歐拉爾王國的危機，而且也得無謀地穿過危險的沙漠。

哪怕葛蘭茲巴赫帝國那條路線已經設下層層陷阱，肯定也比這邊更為安全。

「凱亞爾葛大人，你打算用走的穿越沙漠嗎？」

「怎麼可能。有一種不用依靠飛龍就能飛在空中的方法，不過成功的機率是一半一半。我不會繼續讓那個混帳傢伙稱心如意。只要能以相當於飛龍的速度穿越沙漠就能打亂他的計畫。這次輪到我們將他一軍了。」

會這麼做是因為我意氣用事，同時也是本能發出的警鐘。

我的內心在吶喊，告訴我闖進布列特的陷阱會很危險。

所以我必須要試著賭一把。

◇

我們沒有回到鎮上，而是把握時間就地準備。
我讓芙蕾雅用【熱源探查】搜索了周圍。
就算外表能融入沙子裡，用鮮血掩蓋氣味，但任何生物都不可能隱藏體溫。
……打從一開始我就應該指示芙蕾雅這麼做。
大意實在很要命。
「蒐集到這麼多材料應該有辦法吧？」
我從飛龍的屍體調度材料。
飛龍的骨頭與表皮輕得難以置信，只有鐵塊的五分之一以下。話雖如此，強度卻十分驚人。
如果要製作某種用來飛在空中的道具，沒有比這更適合的了。
我將其肢解、清掃，然後根據大小與用途進行分類。
「主人，你在做什麼的說？」
「人造飛龍。」
「好厲害的說！簡直是神的說！」

「只有形狀像而已。從前有名賢者曾經試圖創作能飛上天空的魔道具。在這段過程當中，他發現了一個有趣的現象。」

我停下手邊的工作，取出一張紙開始摺疊，摺出了帶有翅膀的流線型摺紙。

我將其扔了出去，然後飛行了大約十公尺左右才落下。

「真不可思議的說。紙居然能飛那麼遠的說。」

「嗯，剎那也很吃驚。是被風送過去的。」

「雖然原理我也不是很清楚，但特定形狀的物體一旦承受風的阻力，似乎就會發生所謂的升力。那麼做的效率會比用風之魔術勉強讓所有人飛上天空高出好幾倍。只要賢者的知識正確，我的魔力所引起的風應該強到能在空中飛行……那名賢者因為找不到兼顧輕巧與強度兩種性質的材料而失敗，但那種道具就在這。」

只要將龍的屍體當作材料製作機體，再以賢者的知識進行計算之後，應該就能完成足以載五個人飛行的交通工具。

畫完設計圖之後，我用鍊金魔術加工飛龍素材並加以組裝，然後改造成我期望的形狀。

儘管說要做的人是我，但其實我也很擔心這種道具到底有沒有辦法飛空。

這也是理所當然，畢竟我不是很了解賢者的知識裡提到的升力是什麼，而且這根本是趕鴨子上架。

賢者本人也只是發現有這股力量存在，連他也不清楚原理是什麼。

但即使如此也要做。

這一招就算是布列特也無法預料。

他可不是那種不賭一把就有辦法超越的對手。

真的很慶幸我會鍊金魔術。要是土法煉鋼地製作這種東西，肯定會花上一個月，而且成品的水準也會跟垃圾沒兩樣。

藉由鍊金魔術，我的工作效率絕佳，僅用四個小時就將飛龍的骨頭與表皮加工成用來飛空的道具。

最後再將整個機身擦亮就完成了。

賢者所推論出的最佳外觀是流線型，前方有著對稱的機翼，後方則加裝副翼。機身則準備了六個人乘坐的座位。

由於要獲得升力得有相符尺寸的機翼，所以整體的尺寸變得相當大。

所有人都抬頭仰望這玩意兒。

「這個真的能飛在空中嗎？」

「應該可以。反正就算失敗也只是落在沙子上，以我們的狀態值來說也死不了。」

根據計算，不論強度或是升力都沒有問題。再來就只能實驗了。

「既然是凱亞爾葛大人做的，肯定沒問題。」

「要是掉下來就用跑的說！」

「煩惱也只是浪費時間。我們先試試看吧。」

意外的是除了芙蕾雅以外的人都躍躍欲試。

「話說回來，這東西的名字叫作什麼呢？」

「我想想。這是能飛上天空，用來飛行的機器。乾脆就叫它飛機吧？」

連我也覺得這名字很隨便，但唸起來卻莫名順口。接著我們所有人都坐上飛機。

紅蓮變成了小狐狸的模樣，在我的大腿上縮成一團。

由於相當危險，所以我還製作了皮帶將我們的身體固定在椅子上。

好啦，開始吧。

首先，我竭盡全力用魔術製作出上升氣流，飛機頓時攀升到上空數十公尺。

「好厲害的說！真的在飛的說！」

「不，這只是我召喚風硬把飛機浮上來而已。勝負現在才要開始！」

如果只是要浮上高空的話根本不需要飛機。這樣不過是單純增加負重而已。

我們理所當然地開始下降，所以我使勁以風從後面推動飛機。

由於飛機被強力地往前推進，機翼也自然承受風壓。

根據理論，這樣一來就能獲得足夠的升力而在空中飛行才對。

……要成功啊。

我一邊祈禱，同時加強風壓，降下的速度緩緩變慢，最後總算維持住一定的高度。

我進一步加強風壓後，飛機便開始上升。

「好厲害，真的在飛！」

「嗯，真令人驚訝。實在是很不得的發明！」

芙蕾雅與克蕾赫興奮大叫。

第一次體會到飛在天空的感覺，就算害怕也很正常，但她們看來綽有餘裕。

不過剎那顯得很緊張，表情比平常還要來得僵硬。

另外，紅蓮也縮起了毛茸茸的尾巴，還用爪子緊緊地抓住我。出發前明明那麼興致勃勃，但實際飛起來似乎還是會害怕。

而我自己也流下了冷汗。

飛機傳來一股振動，機體開始傾斜。看樣子是我在製作時有些草率，右翼與左翼的平衡性不好，導致兩邊的升力出現誤差。

於是我調整風壓對準左右的平衡之後，總算是穩定了下來。

不過話說回來，這實在很驚人。

只要加強風壓速度就會增加。發揮出馬匹與馳龍完全望塵莫及的速度。

目前的速度已經與飛龍相近，儘管我想飛得更快，但繼續加強出力反而是我會先累垮。

原本是計劃讓芙蕾雅在途中跟我換手使用風魔術，但左右的平衡很難調整。應該是沒辦法讓她接替這份工作。

今天就盡可能移動，到遠一點的地方再著陸野營吧。

之後我再調整機翼的平衡。

在那之前就先用毅力撐過去。

就這樣，飛機在空中飛行。

我沒有讓布列特稱心如意。

那麼，接下來就輪到我算計他了。

我一定會讓他為這次的誤算付出代價。

第十三話 回復術士進行考察

我們坐在以龍為素材製成的飛機飛在天空。

雖說是趕鴨子上架，但飛起來倒是沒什麼大礙。

不過，我也沒辦法否認調整不足的事實。

左右的平衡很差，萬一控制風壓稍微出了點差錯，也很有可能直接墜落。

問題不光是這點，我對機體的強度也感到不滿。尤其是連接處不夠堅固，當速度超過一定程度便會發出怪聲開始晃動。

我一邊飛在空中，同時將這些情報記在腦海。

不管做什麼，都要勇敢嘗試錯誤。

如果只是紙上談兵，有很多事情都不可能搞懂。要實際運用並發現問題，再即時加以修正。

「凱亞爾葛大人，差不多該換我接手了吧？」

芙蕾雅坐在後排的座位上詢問我。

「不，沒問題。這需要訣竅。要是沒有控制好力道可是會墜落的。」

「我好懊悔自己沒辦法幫上忙。」

「雖然今天不行，但我打算明天交給妳負責。只要經過改良，就算不是我來應該也有辦法操控。」

「明白了！明天請包在我身上。」

芙蕾雅握緊拳頭，表達自己幹勁十足。

雖然她確實是出於體貼表示關心，但八成也是想自己操縱看看吧。

畢竟在人造的道具當中，這可是世界最快的交通工具。

「抖抖抖。這個，好可怕的說。」

紅蓮到現在依然很害怕，她的狐耳下垂，同時還用爪子用力抓住我。

由於是小狐狸型態，這模樣看起來也挺可愛的。看來紅蓮永遠都沒辦法習慣搭飛機。

起飛之後，過了大約四個小時。

我開始尋找不引人注目的著地位置。

魔力已經差不多快到極限。

雖說還剩下三成以上，但魔力降至一定程度後回復速度就會變慢。

抵達吉歐拉爾王國之後才是關鍵，不能在那之前消耗戰力。

反正我們已經穿越沙漠地帶，沒有必要再繼續勉強自己。

不久，我發現了不錯的著陸地點。

那是一片綠意盎然的深邃森林。有著闊葉樹林的密集地帶，這樣一來應該能在飛機著陸時提供必要的緩衝。

……這架機體似乎還存在著問題。在著陸時的控制得非常謹慎。

由於沒有任何能用來緩和著地衝擊的裝置，所以得像這次一樣找個能充當緩衝的位置著陸，再不然就是自己釋放風魔法幫助緩衝。

而且在著地時還得減速，一旦突然失速就無法獲得升力，到時就會急速往下墜落。

「實在是缺點一堆的成品啊。」

我獨自發了牢騷，並逐漸降低高度與速度，開始為著陸做準備。

如我所料，飛機在途中就被重力狠狠吸住往下掉落。

這使得機翼的負荷一口氣增加，發出了令人不快的噪音。

我在千鈞一髮之際用風包住整台飛機，再以樹木為緩衝成功著地。

「大家，可以下來了。今天就在這休息吧。」

確認所有人都下來後，我開始檢查飛機的各個部位。

看樣子似乎沒有任何地方受損，真是謝天謝地。

「嗯。剎那去狩獵。我們需要晚飯以及度過夜晚的毛皮，在這種森林應該有辦法取得。」

「我也去幫忙。」

剎那與克蕾赫消失在森林之中。

我們這次出發旅行時，並沒有帶野營所需的睡袋以及帳篷。

這個地區的森林在白天明明很熱，一到晚上卻又冷得要命。要是沒做好防寒對策不僅有危險，甚至沒辦法好好睡上一覺。

為了度過夜晚，我們現在需要溫暖的毛皮。

剎那不愧是冰狼族，對這方面的求生方式得心應手。

「那麼，我去準備好用來當廁所的洞，還有蒐集柴薪。」

原本嬌生慣養的芙蕾雅也變得相當可靠了。

她了解野營時必須的東西，俐落地採取了行動。

「紅蓮，妳來幫我修理飛機。如果有紅蓮的火焰，工作起來會更加輕鬆。」

「交給紅蓮的說！為了不要摔死，紅蓮會盡全力幫忙的說！」

小狐狸原地翻了個跟斗，變成了狐耳美少女。

她看起來幹勁十足。

想必是因為害怕天空旅行，所以才想盡可能地消除不安要素吧。

修復方案很單純。只需要調整左右機翼的平衡以及補強連接處。

我本來在思考能讓著陸更加安全的必要裝置，但沒有採用。

要是因此而增加重量或是空氣抵抗就是本末倒置了。

關於著陸方面，等有時間之後再來思考吧。

總之，只要調整好平衡使其更加堅固，明天除了起飛與著陸之外就能全部交給芙蕾雅負責。

這樣一來我就會輕鬆許多，而且論及魔力容量，芙蕾雅比我高出了好幾個檔次，想必飛行的距離也能更遠。

◇

剎那等人獵回來的並非魔物，而是普通的山豬。

剎那露出一臉得意表情，抬著比自己更巨大的獵物跑回這邊。

之後她小心翼翼地剝下豬皮，再到河川清洗加以鞣皮，最後用篝火烘乾。

由於是巨大的野豬，光是一隻的毛皮就足夠將所有人蓋住好好取暖。

天氣看起來也不是那麼糟糕。

這樣一來，應該有辦法挺過寒冷的夜晚。

既然不用再為夜晚而擔心，接下來該好好填飽肚子。

由於慣用的調理器具也和帳篷一樣沒帶出來，所以這部分也得自行加工製作。

我用土魔術從土裡面回收黏土，然後用火魔術燒到凝固製作土鍋，接著用水魔術倒水，再把蘑菇與肉塊丟進去煮火鍋。

所幸我總是隨身攜帶的包包裡面放著鹽巴等基本調味料，至少能做出差強人意的伙食。

雖然有點早，但我們還是決定在篝火旁邊享用晚餐。

我幫所有人輪流盛了裡面放有滿滿配料的湯。

「呼、呼……在寒冷的天氣吃火鍋真的很享受呢。」

「嗯。凱亞爾葛大人的料理總是很美味。」

芙蕾雅與剎那嘴裡塞滿了食物，對這道菜讚不絕口。

和平常的做法不同讓我有些不安，但似乎煮得很不錯。

「火鍋不管由誰來做，味道都不會有太大差異啦。」

「才沒有那種事的說！偶爾由剎那做的時候，味道會超級淡，一點也不好吃的說！」

「……被紅蓮這麼說讓人很生氣。不過，這是事實。冰狼族從小就被教導只要能吃就行。雖然剎那很努力學習，但還是比不上凱亞爾葛大人。」

剎那津津有味地將肉塊與湯一同送進嘴裡。

由於配料也快吃完了，我把身上僅剩的麵粉用水和開，再倒入火鍋使其凝固，接著就有鬆軟的塊狀物浮出。

少量的小麥能迅速填飽肚子，在旅行時非常珍貴。

儘管吃起來不像麵條那般有嚼勁，但濕軟的口感也很有意思。

大家似乎感到很滿足。

克蕾赫在仰望天空。

她並非只是在觀賞星辰，而是透過星星的位置確認我們的所在地。

因為我們沒有看地圖就移動了好幾百公里，很需要這類技能。

「不愧是凱亞爾葛，在天空也能朝著正確的方向前進。照這個速度來看明天就能抵達。」

「是啊。透過剛才的修補工程提高了強度，也改善了穩定性，這樣一來便能交給芙蕾雅操控。以她的魔力，想必能飛得比今天更快更遠。」

「請交給我吧。凱亞爾葛大人，你就好好休息吧。」

「那我就不客氣了……雖然情急之下製作了這台飛機，但成果還不錯。」

我望向被篝火映照著的飛機，不禁令我胸口一熱。雖然難以用話語表達，但這傢伙確實很浪漫。

「今天是充滿驚喜的一天，冷靜想想，這台飛機真是很厲害的發明。它能為流通掀起革命。而且不僅如此，甚至有可能改變戰爭的型態。」

雖然克蕾赫說得很誇張，但考慮到飛機的性能，這絕非誇大其詞。

「前提是得湊齊一定的數量。不僅需要龍的素材，也只有超一流魔術士才能發動足以讓這玩意兒飛行的強風。若是只有一兩台，頂多只能充當玩具罷了。」

「也對。不過，我認為總有一天能用飛龍以外的材料，創造出能以少量的魔力飛行的飛機。」

「嗯，總有一天。到時候世界將會一口氣改變。」

這架飛機還有許多問題得克服。

說不定就如克蕾赫所說，總有一天會有不需要飛龍的材料，而且還能更有效率地將風轉化為升力的飛機問世吧。

只不過，那應該是在遙遠的未來。

以人的力量飛在空中的技術，暫時就由我們獨占吧。

只要有這傢伙，隨時都能以壓倒性的速度前往自己想去的地方。

「主人，紅蓮想到了非常好的主意了說！」

狐耳美少女模樣的紅蓮露出淘氣的眼神抬頭看著我。

「雖然我只有不好的預感，妳就說看看吧。」

「我們別去吉歐拉爾王國，而是直接去葛蘭茲巴赫的說。然後，主人和芙蕾雅從空中連發廣範圍魔術轟擊他們的城堡，直接攻陷的說！這樣一來戰爭就能輕易結束的說。」

紅蓮雖然很聰明，且下手毫不留情。

從剛才的發言可以清楚地認知到這點。

「有兩個風險。第一，若【砲】之勇者留在葛蘭茲巴赫，我們會有遭到擊落的風險。要逃脫【砲】的射程範圍是不可能的。」

「反正他肯定會待在前線的說！飛機的優點就是可以從上面穿過得意地衝向戰場的士兵，

直搗指揮部的說。」

「妄下定論是很危險的。至於第二個風險是攻打吉歐拉爾王國的，恐怕是由複數國家組成的聯合軍。就算擊潰葛蘭茲巴赫，戰爭也不會因此結束……順便說第三點，這次我打算宣稱吉歐拉爾王國方面是為了正義而戰。我希望盡可能別把平民百姓牽扯進來。因為我們不能成為壞人。」

要是攻進首都將整個城鎮燒成廢墟，勢必會大量屠殺一般平民。

一旦這麼做，就算我們高舉正義的旗幟也不會有人認同。

雖然我沒說出口，但艾蓮肯定已經做好對策。

我不想妨礙她的計畫。

「好麻煩的說。」

「這就是戰爭。我們差不多該睡了吧。」

「要睡的說！總覺得今天好疲倦的說！」

為了安穩入睡，我用魔術適當地整平了地面，接著裹起毛皮。

反正看起來也不像會下雨，今天就這麼睡吧。

雖然我是這麼想的……

「紅蓮，妳在做什麼？」

「今天輪到紅蓮的說！快點變大的說！」

紅蓮用臉頰磨蹭了起來。至於是哪就不明說了。

「不，今天所有人要蓋一件毛皮睡覺。實在沒辦法。」

「唔，可是今天輪到紅蓮的說。紅蓮想要那種舒服的感覺的說！」

紅蓮似乎不打算讓步。

這傢伙毫無羞恥心啊。

紅蓮已經開始脫下衣服。

雖然我偶爾也會一時興起搞多人運動，但要是像這樣被要求在有人看的狀況下做愛，我也是會有所顧忌。

我感受到視線，轉頭望去，剎那她們正盯著這邊。

「凱亞爾葛大人，請你也一起疼愛剎那，要是在旁邊看著，剎那沒辦法忍耐。」

剎那說著說著也脫下了衣服。

「……也對，的確會讓人興奮。而且在遍布繁星的夜空下做愛似乎也不壞。」

克蕾赫開始脫下了裙子。

「啊，我也討厭被排除在外。」

芙蕾雅也準備脫下衣服。

「啊啊！今天明明輪到紅蓮，這樣太狡猾了說！一開始最濃的那發，絕對不會讓給別人的說！」

好像莫名其妙地就變成了這樣的發展。
四個人同時誘惑我。
她們散發出女體的味道，讓我的腦袋昏昏沉沉。
真拿她們沒辦法。
既然如此，我也只能接受這個提案了。
今天就在星空之下疼愛所有人吧。
說不定明天以後就沒有這種時間了。

◇

結果，我將所有人操到她們挺不起腰，隔天早上，我們朝著吉歐拉爾王國出發。我望向紅蓮的腹部，依舊沒有任何起伏。
如我所料，讓芙蕾雅控制風壓之後，飛機前進的速度比昨天更快。
只不過她有好幾次因為得意忘形而沒有察覺飛機正發出哀號，或者是搞錯前進方向，害我得時時刻刻提醒她……結果比自己操控還要更耗精神力。
過了一段時間，位於遠方的王都總算進入我們的視野。再一下就到終點了。
目前還沒有敵軍靠近。

我們回來的速度毫無疑問地超越了布列特的預期。

我得儘快和艾蓮會合。一同商討對策。

第十四話 回復術士趕上

總算要展開最後衝刺了。

然而，現在似乎不是說這種話的時候。

「芙蕾雅，妳的方向又偏了。把方向朝西邊修正。」

「西……西邊？是指右邊嗎？還是左邊？」

「左邊。」

由於我調整機體並進行補強，使得飛機的穩定性大增，現在哪怕是芙蕾雅也能駕馭。

但是，讓飛機飛行和有辦法操縱完全是兩回事。

雖然乍看之下像是筆直飛行，但其實有些微傾斜，或者是被側風給吹走。

而且我明明給她指南針了，芙蕾雅卻依然會像剛才那樣詢問我向左還是向右，所以肯定不能對她的方向感抱太大期望。

明明只要遵從指南針指示的方向飛行就好，但她從剛才就驚慌失措，好幾次搞錯了前進方向。

機體激烈搖晃，嘎吱作響，發出了令人不安的聲音。

「……芙蕾雅，我剛才也說過了吧。必須要緩慢修正前進方向才行。要是衝得太快會給機體帶來負擔的。」

「是……是的！那個，對不起。」

或許在芙蕾雅慌亂中用力修正前進方向，這次反而彎過頭，讓機體遭受進一步的傷害，狀況十分慘烈。

原本我打算指摘她彎過頭，但又把話吞了回去。

要是在陷入混亂的狀況下提出警告，很有可能會更加亂來。

先等她稍微冷靜下來吧。

「凱亞爾葛大人，剎那覺得你還是和芙蕾雅換手操控飛機比較好。」

「紅蓮也贊成的說！好恐怖的說！只是朝右偏或是朝左偏還可以，但是再這樣下去，就算往正下方加速也很有可能的說！」

紅蓮由於昨天的經驗得知飛機是安全可靠的，一開始還邊搖著尾巴邊眺望外頭的景色，表現得老神在在。

但是由於芙蕾雅狂野的駕駛，讓她比昨天更加驚恐，連自豪的毛茸茸尾巴都縮了起來，用爪子緊緊抓住我的衣服渾身發抖，回到與昨天相同的狀態。

這個小狐狸真是個膽小鬼。

「妳們別這樣說。她也差不多快習慣了，和一開始相較之下也像樣多了。」

「我……我會努力的！」

聽見了芙蕾雅的回答後，克蕾赫在胸前劃出了十字。

某種意義上，這應該是最失禮的舉動。

……雖然問題滿山遍野，但就算以蛇行前進，依舊比我操控時快上許多。

我們兩人的魔力量與魔力回復速度完全不是同一個級別。

如果是我，只要操控半天就會耗盡魔力。

但若是目前的速度，芙蕾雅可以靠自動回復不斷充飽魔力，能夠永遠飛在天空，這就是她可怕的地方。

把眼光放長遠一點，我還是希望芙蕾雅能學會如何操控，所以才會不耐其煩地教導她。

紅蓮已經淚流滿面，她維持小狐狸的模樣鑽進我的上衣，就像是在表示什麼都不想看什麼都不想聽似的縮成一團閉上眼睛，垂著狐狸耳朵。

我望向指南針。

嗯，原本我想說是時候提醒她方向偏過頭了，但她似乎自己察覺到這點及時修正路線。

不管怎麼說，她的操作技巧確實在慢慢進步。

想必抵達吉歐拉爾城時，就能獨當一面了吧。

◇

……飛機的機翼完美地從連接處徹底斷裂。

現在變成了單翼狀態，完全失去平衡，只能不斷地在空中盤旋，失去了方向感。緊接著是一陣強烈的飄浮感襲來，我們肯定正在墜機。

該怎麼說，當人深信自己已經上手的時間點就是最危險的時候。

我居然忘了這麼理所當然的道理。

「呀啊啊啊啊啊！凱亞爾葛大人，右邊、左邊、哪邊？我該怎麼辦才好！」

芙蕾雅陷入恐慌，因為她隨意操控風壓使得機體在空中垂直下降開始旋轉，同時不斷擴大機體的損傷。

雖然芙蕾雅狀況很不妙，但坐在上面的我們也相當難受，半規管受到嚴重傷害，整個人頭昏眼花。

嘖，終於連副翼也報銷了嗎？

唯一的救贖，就是吉歐拉爾城已經近在眼前，從這裡只要用走的就會到。

之所以失事，是因為芙蕾雅在看見吉歐拉爾城的當下突然鬆懈，一時開心過頭使出全力。

儘管我已經耳提面命地告訴過她，要把速度壓抑在機體能承受的範圍，但她似乎興奮到忘了這點。

飛機的強度不足以承受芙蕾雅的全力，於是機翼應聲斷裂，導致我們陷入這種窘境。

「呀啊啊啊！所以紅蓮早說過芙蕾雅靠不住的說！」

「……嗯。應該不會死。但更麻煩的是，不斷旋轉感覺好噁心，快吐了。」

「妳們兩個意外地游刃有餘呢。」

總之除了芙蕾雅以外似乎沒人陷入恐慌，讓我鬆了口氣。如果是她們三人的狀態值，只要沒有特別狀況，就算直接墜落也不會致死。只要沒死我就能用【恢復】設法救回來。

「芙蕾雅，妳什麼都別做！」

「我……我明白了！」

當我大聲下達指示後，風壓頓時停止。

要是讓她不小心又做了什麼，事情就真的無法挽回了。

但就算風停住了，我們依舊在持續迴轉，另外一邊的機翼也應聲斷裂，飛到了遙遠的另一端。

我立刻創造一陣風包裹整台飛機做出柔軟的緩衝，將注意力集中在上面。

失去升力的飛機遭到重力拉扯，開始不斷地加速。

衝擊。

風形成的緩衝撞擊地面。由於加速得比想像中更快，這樣下去肯定沒辦法完全抵銷衝擊。

但要是我一口氣提高風力反而會失去緩衝效果。所以我透過極為精密的操作，每隔零點幾秒就持續提升風的緩衝強度。

接著，當我將這股衝擊抵銷到一定程度之後，便借助風力讓機體滑行，將原本向下的力量扭為橫向，並進一步在前方也製造風幫助緩衝。

速度逐漸下滑……飛機就這樣停在城牆前方，看樣子我們奇蹟般地朝吉歐拉爾城方向墜落。

剎那等人緩緩地從機身爬出。

剎那剛出來就立刻蹲下，直接吐了出來。

由於冰狼族擁有非常優秀的平衡感與運動神經，所以一旦半規管受到劇烈晃動，所受的傷害似乎比人類更嚴重。

芙蕾雅與克蕾赫也是兩眼無神，一臉鐵青地站在原地。

我其實也很難受。

能成功用魔術控制方向，只能說是運氣好。

紅蓮從我的上衣爬了出來，然後變回了少女的模樣。

「真是的，禁止芙蕾雅再開飛機的說！紅蓮差點以為要死掉的說！」

剎那對這句話連連點頭，克蕾赫則是露出苦笑。

「對不起，我有在反省了。」

「……別這麼說，下次再稍微嘗試看看吧。如果有時間我就陪妳一起練習。等到我判斷安全之後再讓其他人也一起坐。這樣就沒意見了吧？」

「嗯。如果有經過凱亞爾葛大人指導就行。」

「這樣倒是能允許妳的說！」

幸好打擊特別嚴重的這兩個人願意原諒她。

再來，就是希望她本人別因為這次意外而在心裡留下陰影……我一邊這樣想著，一邊望向芙蕾雅的臉，發現她竟然莞爾一笑，並這樣說道：

「請務必讓我這麼做。那個，雖然最後出了洋相，但駕駛飛機真的非常刺激又有趣，我真的不希望這是最後一次。」

我不禁瞪大雙眼。

芙蕾雅比我想像中更有膽識。

此時，一群士兵從吉歐拉爾城衝出來將我們團團包圍。

……總之，起碼省去了叫人的工夫。

◇

我們說明了事情的來龍去脈，然後士兵便將我們帶進城內。

我好歹也被視為英雄對待，他們對我的臉有印象，所以不需要解釋太多。

根據士兵所說，他們還以為飛機是新種的龍族或是什麼怪物，感到非常震驚。

我也拜託他們回收斷裂的機翼。

畢竟只有飛龍身上的素材，才能兼顧製作飛機時所需的強度與輕巧性。況且將來似乎也沒機會再取得飛龍素材，沒有辦法替換。

士兵將我們帶到了軍方的司令部。

艾蓮正在那邊下達指示。地圖上畫著敵軍的位置、行軍路線以及規模。

……我的預想似乎是正確的。

布列特將我們困在沙漠，打算採取閃電作戰鎮壓吉歐拉爾王都。

吉歐拉爾王國由於之前國王的失控行為而導致國力下滑，敵方認為能趁現在一舉攻下。

「凱亞爾葛哥哥，真高興看到你回來！」

艾蓮注意到我後立刻衝了過來。

我看了地圖之後提出疑問。

「敵軍數量大約五千。他們若是以強行軍前進，應該有可能在六天後的傍晚抵達吧？」

假如我們選擇用走的穿越沙漠絕對趕不上。到時吉歐拉爾城勢必會輕易淪陷。

……而且，我還知道了一件事。布列特確實掌握了吉歐拉爾的情報，肯定有臥底洩漏了我們的情報。

否則他不可能如此精彩地將我一軍。雖然我為了見情報販子一面會經由卡姆拉巴，但也有可能選擇不這麼做。

儘管設計我們去卡姆拉巴的是那傢伙，但若是以我們會去那裡為前提而制定作戰計畫，這樣風險實在太高。要是沒有把握不可能進行這種規模的作戰。

我要經由卡姆拉巴回到王都的消息有事先讓艾蓮知情，所以自然可以認為是臥底通知布列特。

看來今後得更小心處理情報。

「是的，應該是這樣。只不過敵國底下有多名勇者，他們也有可能交給以勇者為中心的特級戰力先行一步，藉此壓制我方的中樞系統。這樣一來，他們也有可能兩天後就抵達。」

我點了點頭。

勇者之類的特級戰力有時能輕鬆打破「戰爭以數量決定」這種理所當然的規則。

說得極端點，只要單一個人擁有不會輸給任何人的壓倒性力量，就能單獨進攻敵方首都，強行突破城內，最後砍下國王的首級終結戰爭。

實際上，在過去的戰爭中也曾發生過幾次那種猶如天方夜譚的狀況。

正因為如此，每個國家的國王都一定會把最強的戰士放在自己身邊。

事實上站在艾蓮身後的男人，就是出身於幾乎都是【劍聖】的名家，克蕾赫的哥哥。

我以【翡翠眼】確認之後，發現他的本領大概比克蕾赫弱了兩個層級。但是反過來說，他就算與克蕾赫相較之下也只是略遜一籌。

失去了所有勇者與三英雄的吉歐拉爾王國，恐怕沒有比他更強的戰士了吧。

「不過，他們是以什麼名目發動戰爭？」

名目至關重要。

吉歐拉爾王國表面上也宣稱肅清了行為脫序的國王，今後也會像從前那樣繼續作為保護人類的盾牌，迴避魔族的威脅

要是他們沒有正當理由就攻打吉歐拉爾王國，就會犯下傷害守護人類之盾的重罪而遭到其他國家責備。

「他們以【砲】之勇者的證詞為根據正式提出宣戰。理由是吉歐拉爾王國因為從魔王身上得到的力量而發瘋，散播災禍。如今的吉歐拉爾王國已不再是守護人類的盾牌，而是魔王的尖兵。而且，殺害魔王與吉歐拉爾王的【癒】之勇者凱亞爾並不是英雄，他受到現任魔王蠱惑，試圖出賣人類的國家……這次的宣戰聲明是由三個國家連署後才送來的。現在看得見的五千大軍恐怕是先遣部隊吧。」

「是啊。如果是以三個國家為敵，絕不可能只對付五千人就能了事。想必他們的大本營還在編制當中……不過竟然還特別針對我啊？」

儘管這是種作戰方式，但更有可能是布列特為了將我得到手而設下的伏筆。

「目前吉歐拉爾王國在芙蕾雅……芙列雅公主的統治之下。所以會盯上她的戀人，被視為下一任國王的凱亞爾葛哥哥也是在所難免。」

「我大概了解了。不過，大致都在我預料之中。」

「是的，就如凱亞爾葛哥哥所想的。只不過有件事令人感到很不對勁。他們的動作實在太快。我事前已料到他們會用這種手段爭取其他國家的支持，所以也事先做好了幾項對策，卻依舊來不及應對……為什麼他們能如此迅速做出決定，並付諸實行呢？而且還是三個國家同時。我對這點百思不得其解，感覺很不舒服。」

我也對這點有疑問。

但是，得先設法應付眼前的威脅。

「……雖然不了解他們的手法，但還是得做出對策。首先，要阻止擔任先鋒的五千大軍。之後再說服戰爭的對象吧。就說吉歐拉爾王國想和這三個國家達成協議。艾蓮，妳有辦法讓他們坐在談判桌上嗎？」

「沒問題。為了在可能會發生的戰爭中取勝，我事先準備了幾項策略，只要能夠有效活用……不過前提是得先擋下那五千名士兵。不只是那三個國家，還需要盡可能地聚集見證者，愈多愈好。」

「好，就交給妳了。」

「凱亞爾葛哥哥，你要帶多少士兵去迎擊五千名先遣部隊呢？」

「只要有我和芙蕾雅就綽綽有餘了。剎那、紅蓮以及克蕾赫就留在這。只要有她們三人坐鎮，即時布列特親自殺到這裡應該也有辦法應付。」

「只有兩個人去面對五千大軍。若這句話不是凱亞爾葛哥哥所說，我可能會一笑帶過……

那麼，那邊就交給你們應付。我會盡全力創造對談的機會。」

要做的事情已經決定了。

首先得徹底擊潰五千名的先遣部隊。

為此，我必須先修理飛機。

得由我們兩人對付五千人，要一個一個應付雜碎也太麻煩。為此我需要用到那個。

我之所以讓芙蕾雅練習如何操控飛機，雖說是因為這樣我會比較輕鬆，而且也能拉長移動距離，但理由並不是只有這樣。

基本上，魔術士這種存在與飛機根本就是絕配。

我明天就會證明這一點。

第十五話 回復術士轟炸

總算在戰爭開始前回到吉歐拉爾王國，讓我再次為此鬆了口氣。

萬一在沒有任何計策的狀況下貿然用走的穿越沙漠，吉歐拉爾王國想必會在我們回來前就遭到攻陷。

過去我曾經憎恨吉歐拉爾王國，打算毀滅這裡，但如今王國已經成為了我的所有物。失去它實在可惜。

更何況艾蓮也在這裡。一旦這個國家淪陷，他們肯定會為了殺雞儆猴而將艾蓮當眾處刑。

我絕不允許這種事發生。

我在別的房間與艾蓮及芙蕾雅開起作戰會議。

會這麼做是嚴防隔牆有耳，況且之前也證明情報確實洩漏了出去。

所以還是得加倍提防。

「不愧是凱亞爾葛哥哥，居然能做出人造飛龍這麼快就回到這裡。只要有人造飛龍與芙蕾雅的力量，便能給敵方迎頭痛擊。襲擊地點是選這裡嗎？」

艾蓮指向地圖上的一處。

那裡是距離吉歐拉爾王國有一百一十公里遠的狹窄溪谷道，兩側都是高聳的岩石，行動起來很不方便。而且是條連綿不絕的單行道。

「沒錯。這裡最能活用芙蕾雅的力量。原本這種地形就連進攻的一方也會倍感吃力，但我們要從上方發動攻擊。」

「真有意思。想必對手也萬萬沒料到會在這時遭到襲擊。要是現在就能發動襲擊，肯定能造成敵方莫大的損害。」

「順便也毀壞左右兩側的岩石堵住道路。一旦這條溪谷道無法使用，他們就勢必得繞上一大段遠路。雖說這麼做會對所有需要通過這條道路進行的貿易帶來不好影響，但畢竟是戰爭時期。沒辦法顧慮那麼多。」

「嗯，我允許這麼做。凱亞爾葛哥哥，祝你旗開得勝。」

此時，一陣敲門聲傳來。

士兵們走進房間。看樣子，他們似乎順利回收了斷裂後被吹走的機翼。

這樣就能進行飛機的修復工作。

必須在敵軍通過溪谷道前發動奇襲。

能用來修理的時間不多。我得加快腳步。

◇

我和芙蕾雅享受兩人獨處的天空之旅。

這次我用手邊的祕銀進行了補強，進一步改良了飛機。

既然都能補強了，或許會有人認為一開始就該這麼做，但用金屬進行補強會使得重量大幅上升。

要是由我操縱，增加重量反而會變得非常不利，但如果前提是交給魔力量猶如怪物一般的芙蕾雅來操控，我認為應該要提高強度，讓飛機能承受比之前更快的速度比較妥當。

「感覺比昨天更加舒服。」

坐在旁邊的芙蕾雅興奮地說道。

現在的速度已經比昨天還要快上兩成。

「如果是現在的強度，要再稍微加速也不成問題。只不過妳可別打算再繼續催速啊。」

「是，我不會再提高速度。」

聲音聽起來這麼開心反而會讓人沒辦法相信。要是有個萬一，我就立刻幫忙減速吧。

其實也可以乾脆用強度更勝奧利哈鋼，同時還兼具輕量性的【神之淚】製作飛機，這樣不僅能承受芙蕾雅的全力，機身也變得更加輕盈。

只是問題在於若是要用【神之淚】製作飛機，不知道得讓紅蓮懷上幾次才行。
這種方法並不實際。
幸好芙蕾雅比昨天更有長進，她已經學會如何一邊看著指南針一邊朝著指示的方向前進。
話雖如此，由於她看不太懂地圖，就算我在地圖上指示目的地，基本上她也根本不清楚自己目前在哪，所以不知道該往哪個方向飛才好，哪怕是我直接告訴她方向，她稍微飛了一下之後就會不知道自己到底飛了多遠。
……這需要一定程度的知識與直覺，要求芙蕾雅做到這點確實是強人所難。
因此她需要導航。
這就是我一起坐在上面的理由，同時也是為了保險所見。

◇

由於飛行速度比想像中更快，我們途中著陸一次進行休息與補給，然後就再次起飛。
……要是再繼續飛下去，會在敵人抵達溪谷之前就飛到他們頭上。
出發時我還認為時間有點趕，但犧牲重量之後成功提升了最高速度，芙蕾雅也沒有失控。
即使如此，依舊不能掉以輕心。
我們絕對不能失敗。

這次的奇襲，關係到在五千名士兵進入吉歐拉爾王國領地之前，能削減他們多少兵力。若無法在這裡消滅大半敵軍，勢必會讓數千名吉歐拉爾王國的國民血流成河。

這並不是基於正義感。這個國家已經是我的玩具，我絕不會原諒掠奪我的傢伙。

「時候差不多到了。芙蕾雅，提升高度。」

「是！」

原本應該要讓機翼具有變形功能藉此轉換方向，但不能因為可變機構而讓機體變得脆弱。因此要以風來轉換方向。芙蕾雅巧妙地用風推高機首。很成功，和昨天相比截然不同。

飛機就這樣不斷攀升。

我將魔力集中在眼睛，同時發動【翡翠眼】以及【刻視眼】。

【翡翠眼】具有遠視能力，還能強化動態視力，看穿位於視野內存在的本質，而【刻視眼】則擁有看到幾秒後未來的能力。

我用【翡翠眼】捕捉到敵方軍隊，由於人數眾多，隊伍看起來氣勢磅礡。我一邊確認士兵能力，同時也挑選能造成最大傷害的轟炸地點。

飛機停在高度兩千公尺處，隨後便開始下降。

芙蕾雅開始詠唱。

對魔術士來說，最大的弱點在於詠唱。

一旦達到超一流的水準，只要經過一定程度的訓練，就能以無詠唱方式使用到第三位階為止的魔術。

但是，位階更高的魔術不管怎麼樣都需要透過詠唱才能施展。而且，那也沒辦法在一心二用的情況下辦到。

由於要把九成的注意力集中在詠唱上面，所以在詠唱中甚至連保護自己也辦不到。

正因為這樣，我在前線戰鬥時不會使用比第三位階更上位的魔術。

但毋庸置疑的是，魔術位階愈高威力也會愈強，就算會承擔風險，也多半會抓準時機使用。

確保充分的詠唱時間，以再三提煉的魔力釋放的高階魔術擁有一擊就改變戰況的力量。

然而，條件是敵方的密集地帶要位在魔術的射程範圍，而且還得在射線上。而這同時也構成了敵方容易攻擊魔術士的條件。

一旦感覺到魔力強烈高漲，敵人自然也會率先擊潰魔術士。

所以不管帶著多少護衛，釋放高階魔術都是極具風險的行為。

「不過如果是在天空詠唱，自然不存在那樣的風險。」

畢竟這裡是上空兩千公尺。

沒有攻擊能達到如此高度。

甚至不需要安排護衛，可以安全地詠唱。

再加上位於敵人正上方，自然也不需要在意射線的問題。

從正上方攻擊還有其他好處。

瞄準遠處的敵人時，再怎麼樣都得用描繪出拋物線的曲射，但是從正上方攻擊就能筆直朝下擊發。

這樣就具備了提高命中精度與延長射程兩種效果。

芙蕾雅準備釋放的魔術，原本的射程大約兩百公尺。

但是有了朝正下方釋放的這個條件，距離至少能夠翻倍。

……飛機。自從我得知這個存在之後，就認為它與魔術士簡直是絕配。

我要證明這個考察。

飛機在重力的牽引下開始加速。

芙蕾雅瞪大雙眼，手上熊熊燃起了火紅的魔力塊。

我以【翡翠眼】望向地面，看見了在狹窄溪谷道前進的敵軍。

然後幫站在一旁的芙蕾雅調整手的角度。

我同時也是為了讓魔術的轟炸發揮最大功效的觀測員。只要有這只眼睛，就能朝最具效果的地點進行轟炸。

敵軍絲毫沒料到我們會從遙遠的天空發動襲擊，甚至沒有任何人注意到這邊。

我們慢慢地拉近與地面的距離，六百、五百，差不多該指示芙蕾雅擊發魔術了。

當我這麼想的時候。

我們受到了閃耀著白色光芒的魔力砲擊，飛機遭到貫穿，四分五裂，芙蕾雅的魔術也頓時失去控制。我們被捲進爆炸的烈焰之中受到重創……我看見了那樣的未來。

這是神鳥賜予我的魔眼，【刻視眼】的能力。

既然看見了，就能做出應對。

我配合未來所看到的軌道釋放魔力塊。

兩道魔力塊彼此碰撞互相抵銷，飛機從這道閃光中迅速穿過。

「真可惜啊，布列特！」

如果是你，肯定會假設我們會使用飛機進行轟炸這種前所未見的攻擊手段，再使用所有勇者中射程最長的拿手砲擊擊墜我們。就連這種不可能的事你都能化為可能。但是，早就被我料到啦。

我絕不可能小看布列特。

因為比任何人都憎恨那傢伙，比任何人都認可他的人就是我。

「發射！」

「第七位階魔術……【恆星】！」

第五位階魔術被稱為人類的極限。第六位階魔術則跨越了那道牆，如今芙蕾雅施展的，正是甚至在那之上的第七位階魔術。

包含所有人類與魔族在內，唯獨芙蕾雅才能施展的魔術在此刻解放。

那就猶如超小型的太陽。

魔術在落下同時散發的熱浪扭曲了周圍的空氣。

小型太陽擊中目標，方圓數百公尺的士兵不僅被燒成焦炭，甚至彷彿一開始就不存在似的瞬間蒸發消失，在岩石上留下了陰影。

施法結束後的芙蕾雅操控飛機直接緊急升空。這是在出發前練習過好幾次的動作。

在下一個瞬間，小型太陽爆發。

火焰吞噬了數公里內的一切。

我以【翡翠眼】確認敵方的損害。

僅僅一發魔術，就大約造成了兩千多名士兵死亡，超過千名士兵也受到餘波衝擊而身負重傷。

不僅如此，溪谷兩側的岩石表面因也這波毀滅性的打擊而崩坍，泥沙堵住了這條單向道。

……不愧是第一輪的世界被稱為戰術級的魔術，實在驚人。

「我做得如何？」

「很完美。妳摧毀了先遣部隊，還順便葬送了一名勇者。芙蕾雅真的很了不起。」

轟炸的中心著重在能葬送最多敵人的地方，但同時也針對擁有強大魔力的人攻擊，最後按照計畫收拾了一名勇者。

倖存者不到三千人，其中有一千人身負重傷。若以常識來判斷應該會選擇撤退。

這群士兵恐怕幾乎無法再繼續戰鬥了。

他們並非在戰場上戰敗。

而是在行軍途中莫名其妙地遭到摧毀……他們不知道何時會再遇上相同的狀況，永遠遭到這股恐懼束縛。

然後，士兵們將會把這次情報帶回國內，阻止上級派出增援。

就算有增援，貿然派兵也只會遭遇相同下場。只要別太過昏庸，自然會選擇這麼做。

那正是我的目的。

不會有笨蛋在能贏的戰鬥收手。像這樣讓他們感到威脅，才能將敵國拉上談判桌。

此外，這次的奇襲在談判時也能成為相當強力的手牌。

……只要在交涉時說「下次會對準你們的首都使用魔術」就好。

敵方無法阻止飛機入侵，以城牆為首的所有防衛設備都將形同虛設。

可以說我們實質上握有了對方高層的生殺大權。

「很開心能受到你的誇獎。那個，回去之後，能給我獎勵嗎？我希望凱亞爾葛大人能疼愛我。因為好久沒全力釋放魔術，我已經難耐到要受不了了。」

芙蕾雅以溼潤的眼神望著我。

的確，她身上發出了那種味道，從剛才開始也聽得見溼潤的水聲。

居然會在殺了好幾千人後發情，芙蕾雅似乎成為不得的變態了啊。

「好吧，沒問題……我原本想說機會難得，乾脆在天空試試，但這麼做可能會有生命危險，我們回去後再做吧。」

「是！」

「我話先說在前頭，妳可別著急啊。要是再把飛機弄壞，我就暫時不碰妳了。」

由於她將飛機加速到危險區域，所以我鄭重叮嚀。

「……我知道的。」

結果，她根本沒聽進去。

不管犧牲了再多重量進行強化，依舊擋不住芙蕾雅的全力。飛機差點又被她給弄壞。

為了以防萬一，我用【翡翠眼】確認戰果。

儘管可以確定完全轟殺了站在對方那邊的其中一名勇者，但不清楚是否收拾了布列特。

算了，反正他肯定還活著。

那傢伙只有我能殺死。事到如今，我很肯定這個想法沒錯。

第十六話 回復術士出謀策劃

完成目的之後，我們踏上了歸途。

「凱亞爾葛大人，不需要追擊他們嗎？」

「嗯，沒關係。只要削減到這個人數，他們也不會再繼續進軍。別做無謂的殺戮。」

「你真溫柔呢。」

「並沒有。我只是認為不該承擔風險。」

這次的目的終究還是絆住對方。

將先遣部隊逼入瓦解邊緣，這樣也能警告即將到來的本隊，要是毫無對策地進軍只會有相同的下場。

這樣一來，就能製造出協商的狀況。締結停戰協定才是我最大的目的。

既然將來要締結停戰協定，就不應該讓他們繼續看到我們殘忍的一面。

所以我才會寬宏大量地放過他們。

◇

我們回到城堡，向艾蓮以及軍方眾人報告戰果。

這時，我盡可能地說明了轟炸魔術的詳細內容。

射程、效果範圍、威力、戰果以及任何想得到的問題，如果由我採取對策會怎麼做。這些都是不在現場就無法得知的情報。

只要事先明確地說明狀況，艾蓮自然會幫忙思考能讓轟炸這個戰術發揮最大效果的方法。

如果是她，肯定能想到我無法想像的方法。

在這個領域上，艾蓮遠比我優秀許倍。

「辛苦了。經過這次襲擊，想必敵方將會暫時中止率領大軍進攻的行動。這個轟炸魔術會成為我們非常強力的手牌。」

聽到艾蓮這番話，參謀們反駁說這樣言之過早。

然而艾蓮卻說服了他們。儘管參謀們認為要持續保持警戒，但對方不可能再繼續進攻。

站在對方的立場來想自然就一清二楚。不知道那個轟炸會在何時，從哪裡轟來的心情。

在這種情況下派大軍大規模進軍，根本是自殺行為。

更何況主要道路因為轟炸而引起的土石坍崩無法使用。不是繞一大圈迂迴，就是撤去土石，不管選哪個方式都得超出預計的時間。

既然得花時間，表示受到轟炸的風險會進一步升高，甚至還得花費龐大的費用。

面臨這種狀況，至少在找到對付芙蕾雅轟炸的手段前是不會進軍的。

「凱亞爾葛哥哥，麻煩你暫時留在吉歐拉爾城。如果無法以軍隊展開侵略，對方的選擇就只剩下派出少數精銳獵殺敵方首腦。如果敵人尚未放棄應該會選用這種手段。凱亞爾葛哥哥雖然說已經收拾了其中一名勇者，但對方還有兩人。我們現在需要凱亞爾葛哥哥你們的力量。」

「我想也是。芙蕾雅、艾蓮，妳們兩個暫時和我一起睡吧。只要妳們倆能平安無事，其他人再怎麼找都有。只要待在我的身邊，不管對手是誰我都不會讓妳們被殺。」

芙蕾雅是這個國家名義上的支配者。

而艾蓮則是實質上的支配者。

必須保護的是這兩個人。

「是，凱亞爾葛哥哥！我很樂意。」

「當然不只是睡覺而已吧。真期待。」

她們倆挽著手臂。這次她們都做得很出色。

就讓我在床上好好地慰勞她們吧。同時抱這對姊妹也是我中意的玩法。

不對，在那之前先偷吃一下吧。

一個月沒碰過艾蓮，我似乎沒辦法等到晚上。

「呀！怎麼這樣……」

「怎麼啦，發出那種奇怪的聲音？好啦，繼續開軍事會議吧。」

在艾蓮以凜然態度發號施令時，我趁眾人死角偷偷調戲了她，只是像這樣站在旁邊從後面摸，意外地不會被發現。

艾蓮很努力地想隱瞞這件事，露出了非常棒的表情。

……如我所料，實在誘人。

等軍事會議結束，礙事的人都回去之後，再趁這個興頭直接享用吧。

直到剛才我還完全沒有這樣玩耍的餘裕，但現在不同。這證明了芙蕾雅的轟炸大大地改變了戰況。

◇

從那之後過了四天。目前敵對的三個國家依舊沒有動靜，不過暗部的那群人倒是有持續傳來回報。

據說向吉歐拉爾王國找碴的三個國家現在相當驚慌。

畢竟五千名先遣部隊連國境都還沒有穿越，就幾乎遭到瓦解。倖存者也沒有辦法再踏上戰場。

當時的狀況已經傳達給那三個國家，如我所料，不管三七二十一直接進攻的方案遭到否決。只要腦袋正常點自然會這麼判斷。

假設我們在轟炸之前主動提出停戰協定，想必那三國也會毫不猶豫地拒絕，但如果是現在的狀況，他們十之八九會同意吧。

現在敵人正在思考的，是該怎樣保護首都或是國家的中樞不遭到轟炸。

比起士兵，國家的高層反而更加害怕。

那邊的貴族似乎已經一窩蜂地把居住區從首都搬到其他地方。

這也無可厚非，因為在這個世界並沒有手段保護來自空中的威脅。

「我原本以為那次轟炸算戰術級魔術，但影響如此巨大，已堪稱戰略級魔術了呢。」

艾蓮邊整理情報邊感嘆地這樣說道。

戰術與戰略截然不同。所謂戰術是指在每一次的戰鬥中該如何推進戰局。

然後，所謂的戰略則是代表以整體視點來判斷整個戰爭該如何推進戰局。

因為有了那次轟炸，敵對三國才沒有展開第二次侵略；因為有那次轟炸，對方才願意接受我們的提案，讓彼此有商量的空間，締結停戰協定。簡直就是影響了整個戰爭的戰略級魔術。

「艾蓮妳說得沒錯，那完全就是戰略級魔術。真是可怕啊。」

由於以前都是面對魔王，或是接受暗黑力量而獲得壓倒性力量的吉歐拉爾王，芙蕾雅才會沒有太多活躍的機會。

不過如果是以這樣的大軍為對手，她就擁有壓倒性戰力。

除了芙蕾雅以外，沒有人能對付五千大軍。

「那麼誇獎會讓我很害羞呢。不過，我很高興能幫上凱亞爾葛大人的忙。」

最近，芙蕾雅的心情非常好。

她本人也很在意之前沒什麼活躍的機會，能像這樣立下功勞，自然也順利消除了煩惱。

「艾蓮，有什麼動靜嗎？」

「是啊。我之前的布局也差不多該發揮效果了。其實我原本就預測到那三個國家會派兵攻打我國，所以事前就建立了聯絡管道，好通知與那三個國家處於敵對關係的國家。而且我已經做好安排，只要那三個國家守備減弱，就能隨時聯絡它們發動攻擊。」

這招的效果好到教人害怕。難怪艾蓮會說這是殺手鐧。

艾蓮雖然輕描淡寫帶過，但要操縱一個國家可沒有那麼容易。

不知道她是怎麼進行交涉的，真希望她能指點一二。

「妳用了那張牌嗎？」

「對，我讓他們見識了我軍對戰爭的準備。雖說代價很高，但我認為只要這樣，就能讓那三個國家放棄繼續與吉歐拉爾王國為敵。」

「也對，就算想攻打吉歐拉爾王國，也會因為害怕遭到轟炸而苦無進攻手段。更何況連自己國家的中樞都保護不了。除此之外，還有吉歐拉爾王國以外的國家在虎視眈眈……想必他們也只能接受停戰的提案了吧。」

只是轟炸還不足以讓對方屈服。

多虧有艾蓮的布局，這樣一來敵國坐上談判桌的機率就幾乎是100%了。

「其實不用這麼麻煩，只要用我的轟炸將皇帝連同城堡一起炸掉，就能輕鬆解決所有問題了啊。」

「如果只是為了打贏這場戰爭，這麼做的確足夠。但這麼做反而是自食惡果，會造成所有國家畏懼吉歐拉爾王國，他們甚至會認為接下來將輪到自己。這樣一來，吉歐拉爾王國將會與其他所有國家開戰。直到支配所有人類的國家前都無法停止……我和艾蓮之所以想要個談判的場合，希望除了敵對的三個國家之外，還能聚集更多國家來參加，也是為了要向所有國家表明吉歐拉爾王國是個祈求和平，慈悲為懷的國家。」

若是人與人之間的紛爭，只要思考如何取勝就好。

但是，一旦演變為國家間的爭鬥，更重要的反而是在贏了之後該怎麼做。

在戰爭中，有時儘管獲得勝利卻沒有收穫，甚至還失去了更多東西。那麼相對的，也有戰敗卻能從中獲利的狀況。

戰爭的勝敗，只不過是表示狀況的要素之一，只關注這點不過是三流水準。

「哦，凱亞爾葛大人與艾蓮都在思考很艱深的事情呢。」

「那就是我的工作。我與大家不同沒有戰鬥能力，只能用這種方式才能幫上凱亞爾葛哥哥的忙。」

艾蓮有些落寞地笑了。

我輕輕地把手放在那樣的艾蓮頭上。

「不需要謙虛。艾蓮的這股力量比踏上戰場殺害萬名士兵更有價值。我需要艾蓮，妳大可為此驕傲。」

「是，凱亞爾葛哥哥。」

她露出溼潤的眼神並索求我的吻，而我也回應了她的感情。

實際上，要是沒有艾蓮在，我根本沒打算得到吉歐拉爾王國。

我肯定會因為管理起來過於麻煩，然後就視而不見吧。

我的女人們各有不同的優點。

當我們做著那種事的時候，一名士兵上氣不接下氣地衝進了作戰本部。

「剛剛，葛蘭茲巴赫帝國派來了使者……然後，他說會按照我們的要求坐上談判桌。只不過協商的地點得在葛蘭茲巴赫帝國境內，並要求吉歐拉爾王國的代表芙列雅公主參加。」

我與艾蓮看了看彼此後互相點頭。

按照計畫，總算走到了這步。

我們會在協商的場合上，主張吉歐拉爾王國的正義。

想要停戰的敵對三國無法強硬地否定我們的主張，所以我們可以在談判上占盡優勢。

這次作戰正是預想到了這個局面。不過，也有令人擔心的地方。

就是趁這個機會暗殺芙蕾雅——芙列雅公主，消除最大的威脅，敵人就算這麼想也很正常。

到時肯定會引起一陣風波。

但是，我連這點也可以當成理由，藉此達成自己的目的。

到時得讓他們償還想破壞我所有物（玩具）的罪過。

第十七話 回復術士落入圈套

與敵對三國的會談正式敲定，雖然手續簡便，但我們約法三章，在會談結束之前禁止彼此進行戰鬥行為。

這幾天艾蓮忙得不可開交。

這也沒辦法。這次是為了讓三個國家之外的人士聽取雙方的意見，尋找兩邊都能確實接受的條件，所以才邀請第三方國家出席。

像這種要談停戰或是和平的場合，一般來說都會有第三方國家參加。

若只有當事人根本沒辦法達成共識，就算事情談妥了，也有可能在事後反悔。

但是，要是第三方國家在場就能順利進行，約定也會具有強制力。

……不過，要第三方國家中立根本不可能。所以一般來說會事先拉攏為自己人，營造出對自己國家有利的局面。在會談之前，所有國家都會迫切地做好準備。

某種意義上來說，這也可以稱為戰爭。

「凱亞爾葛大人不用幫忙艾蓮嗎？」

「事情演變成這樣，我在根本只會礙手礙腳。交給艾蓮才是最好的選擇。」

明明過了中午，我卻躺在床上懶洋洋地回答。

我和芙蕾雅都是裸體，剛剛才做完那檔事。

順帶一提，克蕾赫接受騎士團的請求去陪他們練習。接受【劍聖】的指導，會讓騎士們的士氣高漲，技術也會有顯著的提升。

剎那也與騎士們一起向克蕾赫學習劍術。儘管剎那的戰鬥風格與正統的劍技不太適合，但反而能從中學到東西。

藉這個機會學習也不壞。

在每個人都像這樣努力的時候，唯獨芙蕾雅從早開始就跟我翻雲覆雨，這讓她覺得很過意不去。

「聽好了，芙蕾雅。現在最糟糕的就是扯艾蓮後腿。當天芙蕾雅要扮演芙列雅公主，以國家代表的身分行事。芙蕾雅的每一句話，都會成為吉歐拉爾王國的意志。」

「……是，我很緊張。」

「但總不能一直這麼緊繃吧？所以我才會以這種方式讓妳放鬆。」

我從後面抱住芙蕾雅。

然後享受她柔嫩的肌膚。

「別用自己的腦袋思考。劇本由我和艾蓮來寫。萬一發生劇本上沒有的劇情，妳就凝視我或是艾蓮的臉。我們一定會協助妳。千萬別用自己的腦袋去思考。參加會談的人包含敵國在內，全都是專業人士。不是芙蕾雅有辦法應付的對手。」

我也不是毫無意義地過著慵懶的生活。

基本上，我們絕對不能在這個節骨眼失去艾蓮，所以就算我打算行動，也沒辦法離開這裡。我現在雖然人不在艾蓮身邊，也依舊用風之魔術守望著她。

而且，我也這段時間教育了芙蕾雅。

我一而再再而三地告訴她不需要思考。

對我們來說最壞的狀況，就是不擅長這種事的芙蕾雅在當天失控。要是因此落人口實反而麻煩。

我一邊與芙蕾雅相愛，同時告訴她不要思考，萬一發生預料之外的事就把視線對著我們。只是不斷地這樣叮嚀她。這就是最好的銘印行為。

劇情已經寫好了。

只要沒有出問題，狀況應該會照我們的計畫發展。

◇

在會談的十天前，我們帶著基本人數的外交官與護衛出發。

為了避開被芙蕾雅的魔術堵塞的道路，我們以迂迴的方式前進，要花九天才能抵達。所以時間勉強趕得上。

要是有那個意思，也可以交給芙蕾雅把土石全部轟飛走最短路線，但這樣一來，反而會讓吉歐拉爾王國在會談期間有遭到奇襲的危險。

所以，我們要慢條斯理地迂迴前進。

我的女人們全都會前往舉辦這次會談的葛蘭茲巴赫帝國。

……雖說在主要道路無法使用的狀況下，吉歐拉爾王國依舊有可能遭到奇襲，但老實說只要有艾蓮與芙蕾雅在，不管國家出了什麼狀況都有辦法重建。

我反而是擔心她們兩人在會談時遭受襲擊，所以才將戰力都集中在這。

這次的會談很有可能是為了引出芙蕾雅的陷阱，因為只要將她殺死，我方就無法再使用轟炸。

「凱亞爾葛大人，馬車好慢。身體都要生鏽了。」

「對於習慣馳龍、飛龍以及飛機的我們來說是很慢沒錯，但其實我們用的馬匹很優秀，以馬車來說算快了。」

所謂的馬車，時速頂多在十二公里左右，絕對稱不上快。

要是以全力狂奔應該能催出兩倍的速度，但想必撐不了多久。

「剎那，妳負責警戒周圍……或許會出現偽裝成山賊的刺客。」

「嗯，沒問題。剎那一直在保持警戒。」

白色狼耳抽動了一下。

以純粹的探敵能力來說，芙蕾雅的【熱源探查】更為優秀，但那招會消耗過度精力，不可能長時間發動。

因此在警戒任務上，還是剎那的耳朵最能派上用場。

就交給她吧。

馬車繼續前進。

實在很無聊。無聊到這種地步，我反而希望刺客出現。

我為了消磨時間，將頭靠在剎那的大腿上，把玩她的尾巴享樂。剎那的狼尾巴有著宛如絲綢般光滑的手感，像這樣用掌心撫摸就會讓心情平靜下來。

看著剎那吐出灼熱的喘息也讓我感到很有趣。

「啊……嗯！凱亞爾葛大人，那裡，不行！」

「這是為了讓妳在任何狀況都能集中精神的修行。」

光是持續愛撫尾巴也很開心，但還是撫摸各種地方，才能讓我和剎那同時感到開心。

所以，我用盡各種方法疼愛她。

「嗯。剎那會加油的。可是之後……來了。」

「嘖，我玩得正起勁呢……」

我是無聊到希望他們出現沒錯，可是還真不會挑時間。

「剎那，妳一個人對付看看。」

「交給剎那吧。剎那正想活動筋骨。」

既然是為了殺死我們而派出的刺客，想必有一定程度的水準。

所以對剎那而言應該是很好的學習機會。

我就別插手，在旁守望她吧。

◇

一個星期後，我們在會談的前一天抵達了葛蘭茲巴赫帝國的首都。

自從第一次襲擊之後，還陸續受到了好幾次襲擊。

當我們要抓住山賊時，他們便用藏在臼齒的毒藥自盡。

不過這樣一來反而也證明他們並非山賊，而是想要排除我們的刺客。

畢竟山賊是群行事骯髒的傢伙。

他們的觀念是為了活下去願意做任何事，所以他們不可能自殺。那些傢伙是冒牌貨。

……不過，實在太弱了。

刺客的實力確實堪稱一流。但是也僅只如此。區區一流就想殺死我們，也太看不起人了。

很難想像這是有布列特坐鎮的葛蘭茲巴赫帝國幹的好事。布列特不會做這麼無意義的事。

那麼，想必是剩下兩國的獨斷行為吧。

我做出了這個結論，在第二次來的刺客要自殺前將他抓住了。

由於第一次出現的所有刺客都用藏在臼齒的毒藥自盡，所以這次我開頭就打碎下巴，讓他沒辦法咬牙自盡。

真是愚蠢的傢伙。

要是對手自盡就無法獲得情報。然而，既然知道對手會自殺，而且連做法都是同一個模式，我當然也會採取對策。

多虧他們如此愚蠢，我才能抓到三個笨蛋對他們下藥，然後成功把他們調教得服服貼貼，並說出一切真相。

而且運氣很好，有一個對自己本領有信心，懷抱著必死覺悟而志願參加的騎士。那傢伙的存在將成為對方的弱點。

只要我下達指示，他就會在會談時出面作證，表明他是奉國家指示才喬裝成山賊襲擊我們。

明明是對方先提議在會談結束之前不要對彼此出手，卻襲擊了要前往會談地點的芙列雅公主，這肯定是個嚴重的問題。

能在會談前取得談判籌碼實在令人開心。

「不過，真令人不爽啊。」

對方的手法實在過於草率，就像是被人看扁似的讓我很不愉快。

我因為這樣不開心了好幾天，讓剎那她們也為我擔心。

但是，這種不愉快的心情也即將消失。

我們被邀請到招待貴賓用的宅邸，受到了最高級的款待。

在吉歐拉爾王國崛起之前，葛蘭茲巴赫帝國曾以大陸第一強國的地位君臨世界，有許多來自各國的訪客，因此也準備了專用的住宿設施。

……有些令我詫異。這裡的文化比吉歐拉爾王國成熟許多。不管飲食還是藝術，都比吉歐拉爾王國更為出色。這代表就算吉歐拉爾再怎麼努力，也無法企及在漫長歷史中累積下來的洗練文化。

我這個人很單純，在享受著美食、美好的音樂以及美麗的畫時，就化解了心中的怒火。

話雖如此，我並沒有掉以輕心。

在這個住宿設施的人都是監視者，他們正在觀察著我們的動向，就連我們稀鬆平常的對話也是聽得一句不漏。

而且我只要稍微灌注魔力，他們就會馬上起反應。

實在沒什麼機會開作戰會議。

不過，這也在我的預料之中。

我沒有興趣在敵陣中悠哉對話。

……但既然受到如此熱烈的歡迎，就好好享受吧。

晚上他們甚至還派了女人來伺候我。

對方是絕世美女，徹底掌握了取悅男人的技巧。當她點香之後，我的理性便拋到九霄雲外，雖說她想趁機套出許多情報時讓我有些不爽，但她讓我度過了愉快的時光，就原諒她吧。

而且，她還透過實際演練教導剎那她們技巧，這也給我留下了好印象。

我就盡可能別讓這個城鎮陷入火海吧。

◇

隔天，我們在葛蘭茲巴赫帝國準備的場所進行會談。

我們在那見識到壓倒性的文化力量，想必是為了展示葛蘭茲巴赫的實力，藉此在交涉前挫敗對手心情所建的房間。

正因為如此，房間雄偉到連我都受到感動。

會場聚集了吉歐拉爾王國的成員、葛蘭茲巴赫帝國，以及協助葛蘭茲巴赫帝國的其餘兩國的成員。

這次的會談由第三方國家主持。

宣布開會後，首先開口的是變身為芙列雅公主模樣的芙蕾雅。

「我們吉歐拉爾王國並不希望流下無謂的鮮血。因此同意簽署停戰協定。同時，我們也只會提出一項條件。就是引渡【砲】之勇者布列特。除此之外，我國沒有其他任何要求。」

從一開始就主動出擊。

雖說吉歐拉爾王國是遭到單方面挑起戰爭的被害者，但戰況卻對我們相當有利。

本來我們的立場是可以申請賠償的。

但是，現在卻刻意放棄這個權利，只要求引渡一人就能了事。

這可以說是超級划算的條件。

而且，姑且不論葛蘭茲巴赫帝國，這個條件對其他兩國根本不痛不癢。

換句話說，剩下的兩國會想同意吉歐拉爾王國的提案。他們會認為萬一停戰協定無法成立便會遭到轟炸，所以無論如何都想促成這件事。

更何況要是拒絕芙蕾雅的要求，卻依舊試圖締結停戰協定，一定會被索取鉅額的賠償。

所以這兩個國家無疑會希望他們交出布列特。

我在沙漠之鎮被你擺了一道。這回輪到你被設計了。

好啦，布列特。除了葛蘭茲巴赫帝國以外都是你的敵人。

就讓我見識你能有什麼能耐吧。

第十八話 回復術士發誓

成功陷害布列特的我在心裡竊笑。

「芙列雅公主，再怎麼說這也太蠻橫了吧！」

葛蘭茲巴赫帝國的外交官提出發言。

只有他們站在布列特這邊。

倒不如說，他們是害怕一旦交出布列特，那傢伙就會做出對葛蘭茲巴赫帝國不利的證詞。

芙蕾雅莞爾一笑，然後繼續說下去：

「蠻橫嗎？宣戰布告上寫著，你們會對吉歐拉爾王國發動不正當的侵略戰爭正是由他所引起。那麼處罰罪魁禍首也是理所當然。我等吉歐拉爾王國之所以不對各位索取賠償，是因為各位才是被害者。各位只是遭到【砲】之勇者布列特欺騙罷了，因此我們才打算從寬處置了結此事。還是說，我認為各位是被害者的這個想法是錯的呢？……萬一是那樣，我可不會善罷甘休喔？」

與吉歐拉爾王國敵對的那群人表情都僵住了。

不會善罷甘休。

他們並沒有蠢到無法理解這個意思。

他們想像了下次自己的首都與城堡會像先遣部隊那般壞滅的場景。

「噢，然後，我們從吉歐拉爾王國來這裡的路上遭到山賊襲擊……抓住之後，發現他們說的話很有意思。把他們叫來這邊聊聊或許也不錯。」

芙蕾雅以令人玩味的表情環視著每一個人。

參加這場會談的畢竟都是以外交手腕見長，所有人都沒有露骨地改變臉色。

然而，依舊瞞不過我和艾蓮的法眼。

由於其中幾人對這件事心裡有數，因此我朝芙蕾雅送出暗號，要她把視線投向那幾個人身上。

這樣一來，害怕事情公諸於世會有麻煩的那群傢伙，就會以視線回應芙蕾雅，她見狀後點了點頭。

只要這麼做，就等同於讓他們答應在這次會議上支持吉歐拉爾王國，相對的我方不會提及他們違反提戰協定發動襲擊。

不過話說回來，真是了不起。

並不是芙蕾雅了不起，她只是按照劇本行動。真正厲害的是寫下這套劇本的艾蓮，一切都如她所料地進行。

「那麼，我再問一次。各位是被害者對吧？」

「沒錯，我們被騙了。其實我們根本不打算做出這種事。」

「吉歐拉爾王國明明是守護人類的盾牌……雖說受騙了，但我們還是犯下了無可彌補的罪過。」

除了葛蘭茲巴赫以外的國家立刻就倒戈了。這是明智的判斷。

……萬一他們現在不這麼做，吉歐拉爾王國勢必會認真擊潰他們吧。

所有人的視線集中在葛蘭茲巴赫的代表身上。

而且那是類似責備的視線，葛蘭茲巴赫放棄解釋的機會，表示也會接受這個條件。

對於葛蘭茲巴赫帝國而言，這個狀況似乎在他們預料之外，所以才會顯得百口莫辯。

外交官的其中一人流著冷汗準備開口，就在那個時候。

門打開了，新的參加者出現在這個會場。

那是皮膚黝黑的光頭壯漢。穿著幾乎要被渾身肌肉爆開的神父服，身旁還有一名服侍他的中性少年。

「既然各位談論的是我，那麼我認為自己也應該參加會談。嗯，真是有趣的發展啊。」

「【砲】之勇者布列特，你沒有辯解的餘地。」

「希望各位能先聽我說完之後再做判斷。其實，我一直在隔壁房間聽著會議的內容。哎呀，實在可嘆。竟然在見識到對方壓倒性的武力之後扭曲了自身的正義，將靈魂出賣給惡魔。真不知當初發誓要打倒吉歐拉爾王國，守護世界和平的心願到底消失到哪去了呢？」

聽到布列特這句話，敵對三國的成員臉色大變。

「你這傢伙是什麼意思！」

「太難看了！」

不只是吉歐拉爾王國的成員，在場幾乎所有人不管是用言語或是態度，都對布列特表示譴責。

「嗯，這樣的反應真令人難受。我是這麼認為的。無論處於何種狀況，在這個場合都只需要說出真相。畢竟連當事者以外的國家都派人與會了。」

會場充斥著怒吼。

要是照剛剛的氣氛，原本一切都能和平收場，卻被這個男人毀於一旦。

芙蕾雅向我請示下一步動作，我告訴她先順著布列特的話。

「既然說到這個份上。【砲】之勇者，不如告訴我們你所謂的真相吧。」

「那麼，還請各位洗耳恭聽。儘管以立場上來說，前任吉歐拉爾王是與魔族戰鬥，守護人類的盾牌，但私底下卻和魔王勾結。甚至還得到魔王給予的力量，遭到那股力量吞噬……變成怪物向人類露出獠牙。」

我沒有要反駁這件事。

這是毋庸置疑的事實。但是那又怎麼樣？

「是的，父親遭到暗黑力量侵蝕而扭曲。正因如此，我才會與【癒】之勇者以及成為新任

【劍】之勇者的【劍聖】一同打倒了父親。」

「是的，我知道這件事。你們拯救了世界。而且，或許在場的各位並不知情，但【癒】之勇者凱亞爾已經打倒了魔王！沒錯，他打倒了魔王，以及因為魔王而發瘋的吉歐拉爾王兩大強敵……簡直就是英雄！」

布列特的眼神捕捉到我。

那並非是陷入窮途末路的危機而在垂死掙扎的男人會有的眼神，反而更像個捕食者。

由於周圍瀰漫著要求我發言的氛圍，因此我挺起身子。

「感謝你的誇獎。所以，你到底想說什麼？」

「可是，可是啊。令人感嘆的是，【癒】之勇者正打算和吉歐拉爾王踏上相同的道路。打倒了魔王之後，自然會有新任魔王誕生，而那名新任魔王與【癒】之勇者凱亞爾之間有密切來往。而且何止是密切來往，他們甚至彼此相愛。所以【癒】之勇者將來勢必會成為魔王的尖兵，對人類伸出獠牙。我們必須在那之前打倒吉歐拉爾王國！」

周圍開始鼓譟起來。

尤其第三方國家是第一次聽說這件事，相當動搖。

儘管能說這是強詞奪理來矢口否認，但我並不會這麼做。

「我承認自己與魔王是戀人關係……但是，希望你不要誤會。我並沒有因此而成為魔王的道具。我與她懷抱著共同的夢想。所以我才會打倒前任魔王，讓她當上魔王。我和她的目的只有一個。就是讓人類與魔族攜手共存。人類與魔族的戰鬥持續多年，至今依舊看不見終點，我和她就是為了結束這個局面，才會一路戰鬥到現在。」

要是我以外的人說這種話，肯定只是在痴人說夢。

但是，我已經累積了能讓他們認為我會完成這個夢想的實際成果。

正因為如此，他們才能認真地認同我這番話。

此時，第三方國家的王族舉起手。

艾蓮說過這名王子很有才華，是她警戒的對象之一。

恩力塔王國的卡士塔王子。

「【癒】之勇者凱亞爾，這件事著實讓人驚訝。沒想到會有願意與人類走協調路線的魔族，而且你竟然還把那名魔族拉上魔王的位置，甚至還成了戀人……可是，你真的認為人類能與魔族和平共存嗎？我們已經流下了太多鮮血，而且魔族也是如此。百姓根本不會接受和平。」

……魔族的人也曾說過這種話。

我自己也可以理解這種感情。

「但就算是這樣，我們也非做不可……要殺死所有魔族是不可能的。要是不找個時機讓戰爭劃下句點，只會讓雙方不停流血。就算到了我們孩子那代，甚至是再下一代也不會改變。這樣好嗎？」

我的提問刺痛了在場所有人的心。

「就算亂來也必須結束這一切。我就講清楚吧，我有為了和平而流血的覺悟。締結和平，處罰所有反抗的傢伙，還有在完成和平後反抗的傢伙也是。我會以我的名義毫不留情處決！對魔族那邊也會做同樣的事。這樣一來，和平總有一天會到來。」

如此不合理的謬論，讓許多人感到傻眼。

此時，恩力塔王國的卡士塔王子笑了出來。

「真是沒完沒了。況且要是這麼做，這次就輪到被你處罰的人身邊的家人與朋友對你刀刃相向。」

「那麼，我也會處罰他的家人與朋友，要是因為處罰那些人，又出現了憎恨我的傢伙，就將他們也殺了。這樣持續下去，總有一天會結束。我絕對不會被殺……我要用這種方式，將人類與魔族的戰爭在我的時代劃下句點。」

我已經下定決心。要是不這麼做，戰爭永遠不會結束。

我並非為了讓在場的人認同才這麼說，而是打從很久以前就如此決定。

「……真不愧是被稱為英雄的人物。我們恩力塔王國決定支持【癒】之勇者凱亞爾，以及吉歐拉爾王國。試圖做下如此創舉的男人，不可能被魔族與魔族作為棋子利用。」

卡士塔王子的影響力很大，決定跟隨他的人也接連表態。

布列特唯一能逆轉這個局面的手牌，就是追究我與夏娃之間的關係，但顯然以失敗告終。

他已經沒有任何手牌了。

「【砲】之勇者布列特啊，我再說一次。我承認自己與魔王是戀人。但是，我沒有做任何虧心事。我和魔王絕對會將人類與魔族的戰鬥劃上休止符……勇者與魔王之間的戀人關係，想必也會成為不錯的象徵吧。」

布列特揚起嘴角。

為什麼他現在還能露出這種表情？

「不愧是我的凱亞爾，做得很好。給你打滿分吧。我已經改變不了這個局勢，是我輸了。照這樣下去，我應該會被引渡給吉歐拉爾王國吧。哎呀，我還以為事情會更加順利。但我的凱亞爾比想像中更加聰明。這讓我更喜歡你了。」

……他承認自己輸了。

但是，我絲毫不認為會這樣就結束。

如果他是這種程度的對手，在演變成這個局面前早就結束復仇了。

此時突然轟隆一聲，一股刺鼻的氣味傳來，似乎使用了大量的火藥。

居然要炸飛聚集了這麼多ＶＩＰ的會場，還真敢啊。

武裝過後的少年陸續從因為炸藥而倒塌的牆壁出現。

……他在辯論中敗北，但如果這樣也想活下去，勢必得推翻這個局面。

毫不猶豫地執行這個手段，這才是布列特。

但遺憾的是，我也料到了這點。
抱歉，就讓我在這了結你吧。
這種骯髒的手段我也很擅長。

第十九話 回復術士敗戰而逃

進行和平交涉的會場遭到爆炸攻擊，武裝的少年集團頓時蜂擁而至。

這並非即興安排。必須在事前做好縝密準備配置人員，再安排與自己相關人員負責警備會場才行。

這種毫不懈怠、準備周全的計畫，實在很有布列特的風格。

不過，也在我預料之內。

如果只是在談判時敗北就老實受刑，根本就不是布列特。

像這樣翻轉整個局面是極為有效的手段。

正因為如此，我才有所防備。

要人一個接一個遭到襲擊。

站在我的立場原本必須要保護他們。

但是在這麼做的時候肯定會讓那傢伙逃掉。

我才沒有那麼蠢。

真要說的話，我根本不管聚集在這裡的要人會怎麼樣。

在這個場合需要保護的只有芙蕾雅與艾蓮，而她們倆會由克蕾赫與剎那保護。

如果這次的會議是由吉歐拉爾王國舉辦，會在一定程度上確保第三方國家的安全，但既然是由葛蘭茲巴赫帝國所舉辦，那麼就算出什麼狀況也不需要由我們負責。

不過，因為我們邀請才參加的那些人，我會在合理的範圍內保護他們的安全。

但是最優先事項是捕獲布列特，如果還有餘裕再這麼做吧。

我要從一開始就全力以赴。

我使用神甲蓋歐爾基烏斯，射出遠距離【改惡】。

我恨他恨得要死，怎麼可以輕易就殺死他。

我要把你改造成行屍走肉的人偶，連用自己的意志移動一根手指都辦不到的那種。

那是地獄。

明明意識清晰又有感覺，卻什麼也做不到。

我還會順便將外表也變成醜惡且鬆弛的粉紅色肉塊。

要是布列特被變成他最喜歡的那群少年無法正視的模樣，那傢伙將會一輩子活在痛苦之中。

我朝向布列特跳了過去。

炸破大門後侵入的那群傢伙跟不上我的速度。

而且，布列特現在赤手空拳。

這裡不能攜帶武器參加。

沒有神砲塔斯拉姆的布列特根本不足為懼。

布列特從胸口拿出小槍，對準朝他飛撲過去的我。布列特的武器是砲，而那和砲一點也不像。因為實在太不起眼。

接著，布列特扣下小槍上的扳機。

附加魔力的子彈應聲射出，我在千鈞一髮之際躲開。

……能夠躲開並非偶然。

因為我很清楚。

那把小槍正是神砲塔斯拉姆的本體，布列特真正的王牌，他將那個稱為手槍。

愈是了解他與神砲塔斯拉姆的人愈容易大意，遭到真正型態的手槍所擊殺。

布列特絕對不會信任別人。

就連伙伴，他也從未展現過神砲塔斯拉姆的真正姿態。

但是我知道這件事，因為我在第一輪用【恢復】窺視過那傢伙的記憶。

真遺憾啊，布列特。

這一刻的爾虞我詐對決也是我贏了。

我提高魔力。

再二十公分就會進入遠距離【改惡】的射程內。

得手了。

「凱亞爾～你怎麼能大意呢。」

布列特嘲笑我。

在下一瞬間，我遭到從側面而來的衝擊被震飛出去。

我撞到牆上，從側腹不斷地流出鮮血，同時也發動了神甲蓋歐爾基烏斯的【自動恢復(Auto Heal)】。

發生了……什麼事？

我有警戒著周圍。他的手下根本來不及趕上。

當時在他身邊的只有葛蘭茲巴赫帝國的要人。

他們的攻擊應該沒辦法貫穿我的防禦才對。

我忍住疼痛轉向前方，這時才發現了異變。

「布列特，你這傢伙。居然成為了和吉歐拉爾王相同的存在！」

「不，你說錯了。吉歐拉爾王遭到暗黑力量吞噬。但我征服了這股力量。」

把我轟飛的，是葛蘭茲巴赫帝國的要人。

那個人的身體從內側裂開，伸出黑色觸手，眼神看起來十分空洞。

那是和從前吉歐拉爾王率領的黑色騎士們相同的存在。

布列特的肌肉進一步膨脹，神父服因此綻開露出了胸膛。

埋在他胸前的黑色寶石不斷脈動，源源不絕地流出暗黑力量。

……不可能。

布列特應該只是被授予暗黑力量而已。

可是他現在卻能自行產生暗黑力量。

代表他與寄生在前任魔王身上的那玩意兒一樣。

不，比那個更加惡質。

「你該不會……用了【賢者之石】？」

魔王的心臟。

我在第一輪的世界，為了【恢復】整個世界而使用的媒介，在這次的世界也為了以防萬一時能重頭來過，而打算得到的道具。

那個正在布列特的胸口鼓動。

「哦，你還真清楚啊。凱亞爾果然很聰明。沒錯，吉歐拉爾王在我體內植入了暗黑力量，而我藉由賢者之石，循線抵達了那股力量的根源，重新改變了自己……我不想死，不想被殺，不想變老。我想一輩子都和可愛的少年們快樂地生活。」

布列特一邊微笑，同時像捏著黏土似的捏起那股暗黑力量。

「我看到這股力量，讓它寄宿在我的身上，進行分析之後，確信只要有【賢者之石】就能加以利用。不會被任何人殺害的強大實力，絕對不會衰老的身體，能保存中意少年的能力，無論哪種都令我垂涎三尺……基本上，魔王的存在本身就是這股暗黑力量的副產物。某種意義上，現在的我甚至超越了魔王，說是大魔王也不為過。」

葛蘭茲巴赫帝國那群要人的身體接連地膨脹，逐漸變化為異形。

他們全都已經被布列特改造成他活生生的人偶。

……做好最壞的打算吧。

剛才侵入的那群傢伙也已經變為異形，而且每個人都擁有像剛才那傢伙一樣足以獨自傷到我的力量。

不，不僅是在場的這些，想必葛蘭茲巴赫的市民也已經有好幾十人，好幾百人變成這副德性了吧。

在這種情況下，也只能選擇撤退。

即使以我的力量，也不可能在這種狀況下將布列特無力化。

……而且，布列特肯定會做出比我想像得到的最糟狀況更邪惡的選擇。

「想不到向吉歐拉爾王國宣戰這件事，其實是為了不讓我注意到葛蘭茲巴赫已經從內側遭到吞噬的障眼法啊。」

「沒人注意到我真正的目的，其實很沒勁啊。我原本以為如果是凱亞爾或許會察覺到呢。」

不管是在房間裡面或是外面，都響起了陣陣慘叫。

現在室外也呈現出猶如地獄般的光景。

看樣子我最壞的打算應驗了。就連這棟建築物外面也充斥著怪物。
真是太遜了。原本以為十拿九穩，卻被反將了一軍。
布列特說他用【賢者之石】循著暗黑力量達到了根源。
可是，在打倒吉歐拉爾王的當下，暗黑力量就應該消失了才對。
那麼，布列特就是在更早的時間點就用了【賢者之石】。
……徹底被他擺了一道。
沒想到他打從一開始就不打算將【賢者之石】交給吉歐拉爾王，而是要由自己使用。
我之前還害怕那個會被送到吉歐拉爾王手上，用來發動隱藏在吉歐拉爾城底下的誇張儀式魔術，好讓他能征服世界。
然而，布列特打從一開始就背叛了吉歐拉爾王。就算我沒有打倒吉歐拉爾王，布列特肯定也會這麼做。
在最初的階段就搞錯了。
……我在那時就輸了。
「所有人集合。」
「是！」
「有點不妙呢，凱亞爾葛哥哥。」
「非常麻煩。」

「可是，我一定會殺出重圍的。」

我把芙蕾雅她們叫過來聚在一起。

不管用什麼方法，我都想抓到布列特，想完成我的復仇。

他不只奪走【賢者之石】，甚至還拿來使用，讓他的罪狀又追加了一條。

就算扣除這些因素，他原本就是我最憎恨的對象。

但是我現在依舊得放棄復仇。

要是想在這抓住他，我反而會被抓住。

這樣一來，我一輩子都再也無法復仇。

復仇時最需要的是冷靜。

……要是因為憤怒而發瘋導致誤判，我的努力會馬上毀於一旦。

要確實完成復仇的重點之一，就是適時放棄眼前的誘惑。

「你以為逃得了嗎？」

當布列特把手揮下，在室內的那群變成怪物的傢伙立刻成群結隊殺了過來。

如果用正攻法肯定束手無策。

可是……

「對，逃得了。」

小狐狸從我的領口探出頭並張大嘴巴。

在這段閒談的時間，我命令紅蓮掩人耳目地持續提高淨化之焰的威力。

會與布列特瞎扯淡就是為了爭取時間。

「你們全都好臭的說！去死的說！」

紅蓮吐出淨化之焰。

由於紅蓮的等級與以前相較之下可說天差地遠，不斷累積了力量的這擊猶如巨大雷射那般將射線上的怪物與建築物全數消滅，視野被染成一片純白。

如果是布列特，說不定會陰錯陽差地得到吉歐拉爾王所散落出來的暗黑力量殘渣，因此我老早對此保持警戒。

所以，我才會將紅蓮藏起來，作為我的一張手牌。

雖然我沒想到那股力量豈止是殘渣，甚至還超越了吉歐拉爾王，但幸好有派上用場。

與布列特站在相反方向的所有物體都被轟飛，包圍網就此瓦解。

「芙蕾雅！」

「我知道……第七位階冰結魔術【無限冰獄】！」

她發動了比被視為人類極限的第五位階更勝兩級，唯獨【術】之勇者才能夠使用的神代魔法。

半徑一百公尺以上刮起了一陣甚至凌駕於絕對零度的寒氣。

要是踏出以芙蕾雅為中心的小圓，想必就連我們也會結凍。

遭到暗黑力量侵蝕的存在雖然擁有無限的再生能力，但只要凍起來就能讓他們失去戰鬥能力。

「我們走！」

由紅蓮先轟出一條路徑，再由芙蕾雅清場拉出空間後，我們就這樣順勢往外奔馳。

順便也帶上了碰巧在芙蕾雅附近的那些第三方國家倖存者。

……這是為了讓他們日後能幫忙作證在這裡出了什麼事。

恩力塔王國的卡士塔王子正好就在裡面。

這個王子被艾蓮視為必須提防的人才，而且他率先贊同了我的想法。

他會待在芙蕾雅附近想必不是偶然。

是因為他發現那裡是唯一能存活的地點。

「跟我來。如果你願意跟來，只要不礙事我們就會保護你。」

「那真是謝天謝地……我可靠的部下們對於這種情況也是束手無策。」

我們只能敗戰而逃。

我一邊逃走一邊思考。

那傢伙擁有如此蠻不講理的力量……

我要怎麼做才能殺掉那傢伙？

……我只浮現出一個答案。

就像布列特以【賢者之石】強化自己那般，我也用【賢者之石】強化自己，就能站在同一個立足點。

不，這個方法行不通。

要在這個世界得到【賢者之石】的方法，就只剩下挖出夏娃的心臟。

夏娃是特別的。我不可能用那種方式捨棄她。

要是能平安逃出這裡，就來開作戰會議吧。

艾蓮說不定能想出什麼辦法。

終章 回復術士重新來過

由紅蓮先轟出一條路徑，再由芙蕾雅清場拉出空間後，我們就這樣順勢往外奔馳。

我敗戰而逃。

沒有任何辯解的餘地，我完完全全地輸了。

我以為自己完全料到那傢伙的計畫，還將計就計，把他逼上了絕境。但是，我打從一開始就被那傢伙玩弄在股掌之中。

……他在奪走【賢者之石】的當下就已經預想到這樣的局面，我甚至連想都沒想過。

我用幾乎要把牙齒咬碎的力道緊咬牙關。

「下次絕不會輸。」

承認吧。

我無法達到那傢伙的層次。

但是，這並不代表我放棄了復仇。

重新評估對手的能力進行修正，下次才能凌駕於他之上。

只要活著，順利逃跑，自然會有下次機會。

「我來開路。」
「我來支援！」
從第七位階冰結魔術的範圍外冒出源源不絕的異形怪物。
吉歐拉爾王麾下的黑騎士還留有人類的外型，但他們卻完全沒有。
只是純粹的怪物，應該不該稱呼為黑騎士，而該改叫黑怪物嗎？
「所以紅蓮才討厭那些傢伙的說。又髒又煩人，馬上就會增加的說！」
紅蓮維持小狐狸的模樣，在我和克蕾赫的武器上纏繞淨化之焰。
附加了淨化之焰的武器甚至能殺死不死之身的黑色怪物。
「嗯。可是，剎那也習慣了。打得贏！」
剎那用我給她的武器正面刺穿了黑色怪物的腹部，再用另一隻手貫入從內側凍結敵人。
就算殺不死也能讓他們無法戰鬥。
雖然並非本意，但與這些傢伙反覆戰鬥過後的我們已經能夠冷靜應對。
「大家，要穿過包圍網了。凱亞爾葛哥哥，你要小心。包圍網外很有可能還有敵人！」
軍師艾蓮大喊。
嗯，我知道。
若試圖突破包圍網，自然會大大消耗魔力與體力。
再加上突破包圍網的瞬間勢必會鬆懈，湧上一股疲勞感。

……如果是布列特，就會假設我們能突破包圍，瞄準那一瞬間來收割。

地面裂開，從下方伸出了巨大的黑手。

雖是黑色怪物，但感覺比待在會場的敵人還要強上數倍。

如我所料。

「煩死了！」

我以激昂的情緒，將魔力灌注到極限後釋放遠距離【改惡】。

黑色怪物中招後全身顫抖，一邊抽搐一邊倒下。

這是能讓遍布全身的神經系統盡碎的【改惡】。

儘管肉體沒事，但只要傳達命令的系統斷裂，自然會變成無法靠自己意志自由行動的毛毛蟲。

此時，陣陣飛箭朝著施放魔術的我射了過來。

……這也在預料之中。我保護要害，除此之外的箭就以身體接下。

我受了傷，感覺到一股強烈的嘔吐感與睡意。

箭上理所當然地塗有強烈毒藥。大部分的毒藥應該都對擁有【藥物抗性】的我無效，居然會讓我受到如此大的傷害……他們到底拿出了什麼啊？

我一邊以【自動恢復】治癒傷口一邊突破。

用直接觸碰發動【改惡】將敵人逐一打倒，殺出了一條血路。

「跟上！」

我們衝出會場往街上一看，市民正一個接一個變成黑色的怪物。

他們似乎沒有接收到命令，只是在胡亂肆虐。

這樣一來應該有辦法突破。

◇

我們拚命地逃出鎮上，然後躲進森林之中。

……想必追兵馬上就會出現。

雖說芙蕾雅的第七位階冰結魔術幾乎能永久持續不會融化，但如果是魔王級別的力量，應該只要幾個小時就能從內側打破。

真要說起來，也不能因為布列特被凍住了就安心。

那個男人不可能建立一個自己不在時就無法發揮功能的懦弱組織。

那傢伙至少會準備兩個臨摹了自己的思考，能確實下達指示的棋子。

「那麼，【癒】之勇者凱亞爾，我們該怎麼回去呢？想必回程的路已遭到封鎖了吧。」

與我們同行的恩力塔王國卡士塔王子向我詢問。

「肯定沒錯，布列特打算收拾他國的所有要人。再不然……就是把他們變成怪物之後，再作為傀儡送回他們自己的國家。對於布列特來說最不想讓別人知道的，就是被變成那個黑色怪物的人類直到變身之前，都不會發現自己已經遭到改變。」

把人類變成不死之身的怪物，甚至還擁有能傷害勇者的實力，這點確實令人畏懼。

但是我最害怕的，是葛蘭茲巴赫帝國的那群人和吉歐拉爾王國所用過的那群黑騎士不同，在變成黑色怪物時曾感到恐懼。

換句話說，他們沒有察覺自己已經變成了怪物。

……說不定，在吉歐拉爾王國裡面也有沒注意到自己被變成黑色怪物的人，而且葛蘭茲巴赫與吉歐拉爾王國以外的國家，也有可能已經被大量滲透。

這樣一來，所有勢力都被安裝了不定時炸彈。

這是最糟糕的力量。

「我有同感……那個男人自稱為大魔王，但實際情況卻遠比那更加糟糕。如果只是力量超乎想像地強大，至少還有對應的辦法，但他很狡猾。況且不了解目的這點也讓人很不舒服。」

「是啊。那傢伙的最終目的，應該是建立能讓自己與理想中的少年們永遠談情說愛的理想鄉，但這種過程的方案實在太多，我實在沒辦法參透。況且就算推敲出來，他也會乾脆地改變方針。」

爾虞我詐的第一步就是把握對方必須要做什麼。

如果是國家之間，就是要完成國家的存續與繁榮。為了完成這個目的，肯定存在著無法讓步的條件及狀況。

正因為如此，才能夠看出對方一定程度的行動，進而加以限制。

可是，如果對手是那傢伙，老實說我根本猜不到他的下一步是什麼。

……要是以一般方式對應就會被取得先機。而且考量到戰力差距，一旦被先發制人根本贏不了。

「凱亞爾葛哥哥，即使無法預測對方的下一步，也有辦法誘導對方採取行動……只是會有點危險。」

「是啊。不過，要是我們沒露出致命性的破綻，不論撒下再好的誘餌他也不會上鉤吧。」

布列特這個男人無比謹慎。他會運用各種手段蒐集情報、進行分析，經過深思熟慮後再展開行動。

若是要讓他按照我們計劃的去行動，勢必得賭上一把。

意思是我們必須得自行創造出一個狀況，一個要是不發生奇蹟就會敗北的狀況。

但是，也能換個角度想。

要是不承擔這樣的風險，我們根本不是他的對手。

「哦，那件事晚點再說吧。首先該思考的是我們要怎麼回去。」

「我知道……我事先已經假設過必須從這個國家逃走的狀況。所以自然也做好了逃亡的準備。我怎麼可能只是為了躲起來而逃進這種森林裡面呢？」

「喔喔，果然。我也這麼認為。畢竟逃進這座森林根本就是把自己逼到死胡同。當然，如果對手以為其中有肯定有詐，反而能藉此順利躲在這。只是不管怎樣，這都不是個好選擇。」

我點了點頭，走進森林的深處。

不久，我們來到樹木間隔很寬，堆積著落葉的地方。

掃開落葉後，地面出現了被挖掘過的痕跡。

我使用魔術將裡面的東西重新挖出，取出了幾個用布包住的巨大零件，然後加以組裝。

「我怎麼沒聽說過這件事。」

「因為我沒說嘛……吉歐拉爾王國也有很多布列特的仰慕者。為了以防萬一，我不想洩漏最後的保險是什麼。必須謹慎到不告訴任何人才行。」

組裝好的，是原本放在吉歐拉爾城倉庫的飛機。

現在放在倉庫的是幌子，正牌貨在這裡。

我從夏娃那邊借用了魔族的人手，將飛機分解成零件之後埋在這裡。

「不愧是凱亞爾葛。你連這種事情都預測到了嗎？」

「很可惜，我並沒有預測到會演變成今天這種局面。不過，倒是有假設過幾種非得逃跑不可的狀況。」

飛機的調整也很完美，隨時都能起飛。

會選擇這個場所是考量到起飛時方不方便。

就算布列特撒下天羅地網，只要有這台飛機就能逃出生天。
今天是輸給了布列特。但是那傢伙應該也沒料到，自己千方百計引來的我們不但沒死，還順利地逃出生天。
勉強算是兩敗俱傷。
「凱亞爾葛大人真是可靠。」
「既然是紅蓮的主人，這點程度是當然的說！」
平常我會大方接受稱讚，但畢竟我們現在是敗戰而逃，實在沒辦法坦率感到開心。
「哦，這就是那台傳說中能在空中飛行的機關。這個為什麼能飛？真不可思議。」
「我也不是很清楚原理。卡士塔王子，要載你一程嗎？」
「當然，畢竟不會再有機會坐到這麼有趣的東西，況且不靠這個也沒辦法回到祖國。」
「……我可是會收運費的喔。」
「當然，我向你保證，會將真相告訴各國廣為周知。」
所有人都坐上了飛機。
然後，芙蕾雅呼喚風讓飛機上升並開始加速。
為了安全，我交待她將高度拉高到極限。
我坐在後座，艾蓮坐在我旁邊。
這是為了談論今後的計畫而特意安排的位置。

「艾蓮，關於剛才那件事……妳說要誘導布列特的行動，是要怎麼做才好？」
雖然我大概猜得到，但姑且還是問問。
「……雖說有各式各樣的方法，但我認為有兩個絕對不動的前提條件。條件一，要借助夏娃的力量。半吊子的戰力肯定只會被同化為黑色怪物。若是要安排一群實力等同於強力的魔族或是勇者的強者，我們需要魔王軍的力量。」
我想也是。
況且魔王與魔族有協助我們的正當理由。
布列特說過，他抵達了暗黑力量的根源。
那同時也是讓魔王發瘋的毒藥。
除非從源頭斷絕，否則夏娃自是當然，下一任魔王和再下一任魔王也總有一天會發狂。
只要打倒布列特，或許就能排除元凶。那同時也是魔族的宿願。
「還有一個是什麼？」
「是關於誘餌。能成為誘餌的只有一個人，就是凱亞爾葛哥哥。因為要引誘的是那個布列特，在千鈞一髮之際反將對手一軍的滬吞策略肯定對他不管用。凱亞爾葛哥哥需要做好被他吃掉一次的心理準備。」
「我也這麼想。好，那就以這兩項為前提擬定對策吧。夏娃和魔族那邊由我去說服，誘餌這件事我也同意。」

艾蓮欲言又止，然後噙著淚水點頭。

想必是因為要把我當成誘餌，想像了我會有什麼樣的遭遇吧……我也很害怕。

……但是，怎麼可以就這樣結束呢。

除非我贏，不然永遠不會結束。

就算下次不行，還有再下一次。

愈是飽嘗辛酸，愈是能累積我的恨意，等到完成復仇的那一天，將能收穫巨大的甜美果實。

更何況在復仇結束之後，還有充滿著幸福的每一天在等著我。

有好女人、美酒、和平的世界。

在那樣的理想世界中，不需要那傢伙和被那傢伙的思考感染的人來礙事。

我一定會驅逐他們。這一切都是為了我的幸福。

後記

感謝各位閱讀《回復術士的重啟人生》第七集。

我是作者「月夜淚」。

書腰上面也有提及，所以我就直接說吧，本作品將要被改編成動畫了。至於日期會在之後再找時間發表。

我現在以監修的身分參與作品製作，負責檢查全劇。

我可以信心十足地保證，這部動畫表現出了回復術士的魅力，敬請期待！

另外在本集中，那個幕後黑手終於露出了獠牙。請見證凱亞爾葛等人將如何跟他周旋。然後，在下一本第八集會讓一切都劃上句點。

宣傳：

角川Sneaker文庫的《世界頂尖的暗殺者轉生為異世界貴族》的第三集與漫畫第一集也在上個月發售了。（註：此指日版）

故事是作為道具而活的暗殺者在轉生之後，為了自己與重要的人發揮他的技術。

這部作品評價相當好，是Sneaker文庫這幾年的新作銷售額第一，在輕小說新聞網路大賞摘下了四冠，人氣相當高！請各位務必閱讀看看！

謝辭：

感謝拿起了這本書的各位，以及與這部作品有關的各位！

為了向在動畫化前就一直支持著我的各位報恩，我今後也會繼續努力！

後記…
我們是負責畫插圖的しおこんぶ。
第七集發售了！
要來談件私事。最近更換了繪圖軟體。
畫風說不定會因此產生些許變化。
動畫化後，希望能搭上這股熱潮持續精進！
那麼我們下集再見！

復仇終於完成!?
然後，凱亞爾葛將——
《回復術士的重啟人生～即死魔法與複製技能的極致回復術～》8
2021年夏季　發售預定!!

為美好的世界獻上祝福！繞道而行！

Kadokawa Fantastic Novels

作者：暁なつめ　插畫：三嶋くろね

脫離本篇繞道而行——
獻上未曾收錄在本傳的八篇小故事！

有因神祕的連續爆炸事件而被當成嫌犯的惠惠要找出真正的犯人，讓她化身為爆裂偵探的案件；有在阿克塞爾不斷行俠仗義，卻一次又一次遭阿克婭等人阻撓的克莉絲為主角的逗趣篇章；以及阿克塞爾的問題兒童們所主演的歡樂爆笑喜劇！

NT$220/HK$73

異種族風俗娘評鑑指南 懸絲傀儡危機

Kadokawa Fantastic Novels

作者：葉原鐵　插畫：W18

再度體驗天國玩樂♡
話題沸騰的極限擦邊球奇幻作品♡

冒險者史坦克與異種族的損友們一起評鑑夢魔女郎，激盪彼此（性方面）感性的差異。一行人造訪了風俗店「性愛懸絲傀儡」，在店裡製作的魔像，和常去的酒場的女侍梅多莉一模一樣，並且大大地享樂一番……可是沒想到魔像竟然逃走了！

NT$240/HK$80

國家圖書館出版品預行編目資料

回復術士的重啟人生：即死魔法與複製技能的極致回復術/月夜淚作；捲毛太郎譯. -- 初版. -- 臺北市：臺灣角川股份有限公司, 2021.03-

冊；　公分. -- (Kadokawa fantastic novels)

譯自：回復術士のやり直し：即死魔法とスキルコピーの超越ヒール

ISBN 978-986-524-280-0(第7冊：平裝)

861.57　　110000941

Kadokawa
Fantastic
Novels

回復術士的重啟人生 7
～即死魔法與複製技能的極致回復術～

（原著名：回復術士のやり直し７～即死魔法とスキルコピーの超越ヒール～）

2021年3月24日　初版第1刷發行
2022年1月27日　初版第2刷發行

作　　者：月夜涙
插　　畫：しおこんぶ
譯　　者：捲毛太郎

發 行 人：岩崎剛人
總 編 輯：蔡佩芬
主　　編：朱哲成
美術設計：黃永漢
印　　務：李明修（主任）、張加恩（主任）、張凱棋

發 行 所：台灣角川股份有限公司
地　　址：104台北市中山區松江路223號3樓
電　　話：（02）2515-3000
傳　　真：（02）2515-0033
網　　址：www.kadokawa.com.tw
劃撥帳戶：台灣角川股份有限公司
劃撥帳號：19487412
法律顧問：有澤法律事務所
製　　版：巨茂科技印刷有限公司
ＩＳＢＮ：978-986-524-280-0